あの日に誓った約束だけは忘れなかった。

小鳥居ほたる

STARTS
スターツ出版株式会社

ある日彼女は、自分ではどうすることもできない難病をわずらってしまう。

残された時をただ精一杯生きようとするが、無情にも病状が悪化することによって、彼女はやがて死に至る。

そうして取り残された物語の主人公は、彼女のことを想い、前を向いて生きていくことを決意する。

これは、そんなありふれたことさえも許されなかった、彼のその後の物語——。

目次

あの日に誓った約束だけは忘れなかった。

プロローグ

僕がまだ小学生の頃、僕を暗闇の中から救い出してくれた女の子がいた。その女の子は太陽みたいに明るくて、転校生であるにもかかわらず、すぐにクラス一の人気者になった。

彼女にはたくさんの友達がいた。だからずっとひとりでいる影の薄い僕のことなんて、気にも留めないんだろうなと思っていた。それでもいつか、僕にも話しかけてくれないだろうかと、そんな淡い空想に恋い焦がれていた。いつか、彼女と仲よくなりたい。

ある日彼女はこちらに近付いてきて、突然手を握ってきた。そうして、ずっとひとりでいた僕に、「一緒に遊ぼうよ」と笑顔で言う。ほかにも多くの友達がいるにもかかわらず、彼女は僕のことを誘ってきた。戸惑いながらも頷くと、彼女はそれから、ドッジボールをするときも、サッカーをするときも、クラスでグループをつくるときも、いつも僕のそばにいてくれるようになった。

僕を暗闇の中から救い出してくれた女の子。彼女のおかげで次第に僕は、周りのクラスメイトと同じような笑顔を浮かべられるようになっていた。

けれどある日を境に、彼女がぱったりと学校に来なくなった。担任の先生にうかがうと、あなたにだけは教えてもいいと、彼女から言われたという。

それから僕は担任の先生に連れられて、大きな白い建物の中に入っていく。そこがどういう場所なのか、子どもの僕にも理解はできていた。

やがて『栗山小蒔《くりやまこまき》』という名前の表札がかかった部屋の前にたどり着く。先生はドアをノックして、僕を中へ入れてくれる。

いつも太陽のように眩しい小蒔は、窓際のベッドに座って本を読んでいた。病衣に身を包み、腕からは細い管が伸びている。僕に気づいてこちらを見ると、彼女はやっぱり笑顔を浮かべた。

「おはよ、櫻井《さくらい》くん」

内緒だよと、彼女は言った。心臓の病気にかかって、ドナーが見つからなければ、大人になる前に死ぬということを、小蒔は教えてくれた。

「大人って、いつ……？」

僕がそう聞き返すと、小蒔は困ったように微笑んだ。

「実は、私もわかんない」

けれど大人になるまでは、絶対に僕の前からいなくならないと約束してくれた。お互いに小指を差し出して、指切りをした。

翌日僕は、小蒔に何か本を持ってきてほしいと頼まれる。なんでもいいから、櫻井くんの好きな本を持ってきてと言われ、僕は本棚の中から『星の王子さま』を選択した。

その本を持って、学校帰りに病院へ行く。ちゃんと周りを見て歩き、信号機も青に変わるまで決して渡らなかった。けれど僕は、不幸にも横断歩道へ突っ込んできた乗用車にはねられて、意識が途絶えてしまった。

次に起きたときには眼前に白い天井があって、体を動かそうにも、痛みでそれどころではなかった。そんな僕に、妹である麻帆《まほ》は勢いよく抱きついてきて、母さんは僕の顔を覗き込み、「よかった……本当によかった……!」と、泣いていた。奇跡だと、その場にいたお医者さんは、信じられないといったように呟いた。

もし僕が生きているのが奇跡だというならば、きっと小蒔が助けてくれたのだろう。僕は妹の安堵の声を頭の中で聞きながら、ぼんやりとそんなことを思った。

それから数日後、なんとか歩行できるようになった僕は、ここが小蒔の入院している病院だということを知る。不謹慎だけど、これからしばらくはいつでも会いに行けると思うと、僕は嬉しかった。

けれど小蒔のいた病室に、彼女の姿はない。僕のあとをついてきていた母さんは、とても言いづらそうに、その事実を教えてくれた。

栗山小蒔は、容体が急変して亡くなったと。

＊　＊　＊

小蒔が僕の前からいなくなって数年間。心にぽっかりと穴が空いてしまったのか、いつも僕は空虚な気持ちを抱えていた。太陽みたいに眩しかったあの子は、もう僕のそばにいない。大人になるまではいなくならないと約束したというのに、その約束が果たされることはなくなってしまった。

大切な人との別れを痛く思い知った僕は、それから他者に対して不用意に近付くことを拒んだ。もうあんな思いは二度と味わいたくはない。きっとこれは、呪いのようなものなのだ。

親の仕事の都合でずっと住んでいた町を離れることになったが、むしろ好都合だった。悲しみの記憶に満ちたこの町に、未練はない。ここでいつまで待っても、彼女が戻ってくることはないのだから。

それならばどこか遠い場所へ行きたいと、僕はいつからかそんなことを思うようになっていた。

＊　＊　＊

僕が遠い町へ引っ越したのは、ちょうど高校二年の春休みのことだ。春休みの学校へ、新しい制服に身を包み登校する。事前に学校の場所は頭の中へ入れておいたから、迷うことはなかった。

職員室に着いてすぐに、ひとりの女教師がこちらへとやってきた。おそらく、僕の担任の加波《かなみ》先生という人なのだろう。赤いメガネをかけていて、長い髪はハーフアップにして綺麗にまとめられていた。失礼かもしれないが、顔は高校生と間違われるんじゃないかと思うほど幼く見え、身長は僕の肩ほどまでしかない。なんとなく漂う雰囲気から、音楽の先生のように感じられた。

「あなたが櫻井くんね。私が君の担任をする加波よ。これから一年間よろしくね」

「よろしくお願いします」

僕にはなんとなく、加波先生の浮かべる笑顔が、少し無理をしているものなのだということが理解できていた。だけど理由まではわからなくて、その答え合わせをするように、先生は僕だけに聞こえる小さな声で耳打ちしてきた。

「ここに来てすぐにこんな話をして申し訳ないんだけど、一応頭の中へ入れておいてほしいことがあるの」

それから申し訳なさそうに、先生は続ける。

「実は去年の冬に、亡くなった女の子がいてね。しばらく周りの空気が重苦しいかもしれないけど、察してほしいわ」

亡くなった、女の子がいる。全く関係がないというのに、僕は小蒔のことを思い出していた。ぽっかりと穴の空いた心が、今はひどく痛む。どうして遠い場所に来てまで、こんな思いを味わわなければいけないのだろう。

「……わかりました。気をつけます」

「助かるわ」

そこで初めて加波先生は、作り物ではない安心したような笑顔を浮かべた。薬指に婚約指輪をはめている小さな手のひらが僕の肩へと伸びてきて、一度優しくぽんと叩かれる。一瞬びくりと身構えてしまったが、努めて冷静さを保ったまま、僕は作り笑いを浮かべた。

そんな僕の気持ちを察してくれたのか、加波先生は一瞬申し訳なさそうな表情を浮かべたあとに「初めは戸惑うかと思うけど、わからないことがあったらなんでも聞いてね」と言った。

それから加波先生は親へ渡す資料の説明をしてくれて、その日は帰ってもいいことになった。今日はただの顔合わせのようなもので、本格的に通い出すのは春休みが明けてから。

先ほどの亡くなった女の子の話を聞いて、僕はなんとなく憂鬱だった。そのまま家に帰る気分にはなれなくて、僕は仕方なく校舎の中を見学と称してうろついた。図書館も体育館も音楽室も、僕が以前通っていた高校と雰囲気があまり変わらない。美術室では部活をしている真っ最中だったのか、何人かの生徒がキャンバスに向かって絵を描いていた。それを横目で通り過ぎ、また近くの階段を上ると、今度は重たい鉄扉が現れる。おそらくその先は屋上だが、扉は施錠されていたから、僕は回れ右をして一階へ下りた。

残りの高校生活をここで過ごすことに、かけらも不安は抱いていない。他者へ不用意に近付くことを是としない僕は、周りから孤立してもいいと思っている。初めから誰かと仲よくなりたいとも思っていないし、そもそもこんな影の薄い僕と仲よくなりたい奴なんていないだろう。

そんなことを思いながら、僕は雲ひとつない青空をふと見上げた。燦々と太陽がグラウンドの土へ照りつけている。まだ三月の下旬だというのに、今日の最高気温は例年よりも少し高い。そんな春先の暑さにやられて、僕の頭はおかしくなったのかもしれない。本来ならいるはずのない場所に、女の子が立っているのが見えたのだから。

校舎の屋上。区切られたフェンスの外側に、制服を着た髪の長い女の子が立っている。僕は驚いて、思わず声を張り上げた。

「今すぐ下りろ！　危ないぞ!!」

僕の声が聞こえたのか、彼女は遥か頭上からこちらを見下ろしてくる。遠すぎてよく見えなかったが、驚いた表情を浮かべているように見えた。驚いたのは、この僕のほうだ。女の子が、屋上に立っているのだから。

そして彼女はこちらへ、大きく手を振ってくる。遊びでやっているのだとしても、その行為は危険すぎた。今すぐフェンスの内側へと下りなければ、少しでも風が吹いたときに、体勢を崩して地面へ真っ逆さまなのだから。

誰か、彼女を止めることができる人はいないのか。周りを見渡しても、ここにいるのは僕だけ。どうにかして、彼女をフェンスの内側へ下ろさせたかった。

けれどそんな願いもむなしく、タイミングを見計らったかのようにあたりに強い風が吹きすさぶ。頭上にいる彼女は、その風に揺られて体勢を崩した。

そしてそのまま、僕の数メートル先へと落っこちてくる。

死ぬかもしれない。

そんなことが脳裏をよぎったが、僕の両足が動き出すのが先だった。

気づけば僕は走り出していて、地面を強く蹴り、彼女を受け止めるために両腕を広げていた。そして運よく、落ちてくる彼女のことを両腕で抱きしめることができた。

そのまま僕の体は、彼女を抱きしめたまま、地面の上を転がり続ける。

死んだ。そう、思った。

屋上から落ちてくる女の子を、地上で受け止めることなんて不可能だ。そんなことは、よく考えなくても頭で理解できていた。

それでも助けたかったのは、もう、僕の前で誰かがいなくなってほしくなかったから。そのために自分が死ぬのなら、むしろ本望だった。こんな根暗でどうしようもない僕が、誰かを助けることできるのなら。

けれど、僕の体は地面を転がったときにできた鈍い痛みが走っているだけで、まだ意識はあった。無事であるはずがないのに。

「……ねぇ、大丈夫？」

僕の腕の中にいる彼女が、そんなことを呟く。大丈夫かと聞きたいのは、こっちのほうだ。どうして、そんな呑気な声を出していられるんだ。

「私、幽霊だから。助けなくても大丈夫なんだよ」

幽霊だから、大丈夫。そういえば、あんなにも無茶な助け方をしたのに、彼女を抱きしめたときにそれほど衝撃を感じなかった。本来なら、僕の命まで危なかったはずなのに。

「あなたの名前、なんていうの？」

彼女がそう問いかける。けれど、目の前の彼女が死ななかったことに安心したのか、急に体が弛緩して眠気が襲ってきた。

「あなただよ。あなたの、名前」

もう一度、彼女は問いかける。

僕の名前は、櫻井隼斗《はやと》。その言葉が彼女に届いたのかはわからない。けれど、落ちかける意識の中で、その女の子の声だけが、はっきりと聞こえた。

そう……っていうんだ。私は、白鷺《しらさぎ》結衣《ゆい》。

櫻井くん……助けてほしい人がいるの。お願い。あなただけにしか、できないことだから……。

第一章　消せない記憶

体に走る鈍い痛みで僕は覚醒した。さっきまで頭上に昇っていた太陽は、すでに真っ赤な西の空へと沈み始めている。

僕は背中を預けるように、校舎の壁に寄りかかっていた。きっと誰かが、道に横たわる僕を移動してくれたのだろう。怪我をした手のひらから鈍い痛みが走っているが、そこには丁寧に絆創膏が貼られていた。

誰がこんなことをしてくれたのだろう。手のひらを見つめながらそんなことを考えていると、突然絆創膏の貼られた手を誰かが握りしめてきた。

僕は驚いて、握りしめてきた手を強引に振りほどく。隣を見ると、屋上から落ちてきた女の子が、きょとんとしたような表情を浮かべていて……僕は、ある違和感に気づいた。

けれどその理由を考える暇もなく、隣にいた女の子は笑顔を浮かべて僕の手を握ってくる。今度は、振りほどいたりしなかった。

「私、白鷺結衣っていうの」

「……は？」

「だから、名前。白鷺結衣。あと私、幽霊だから。別に助けなくてもよかったんだよ」

突然、白鷺結衣と名乗った見知らぬ彼女に、僕は不信感を覚えた。

「だから、私死んだんだよ、隼斗くん。一月の後半に」

白鷺と名乗る女の子は再びあっけらかんと言った。どうして僕の名前を知っているのだろうと思ったが、きっと意識が途絶える前に名乗っていたのだろう。

「死んだって……どうして？」

「え、そんな乙女の秘密聞いちゃう？　結構グロいよ？」

思わず白鷺の言った言葉を想像してしまい、胃の中から何かがせり上がってくる不快な感触に苛《さいな》まれる。車に轢かれたことのある僕にとっては、とても生々しい話だった。

「……死んだなら、どうして僕は君にさわることができるんだよ」

「それは、なんでかな？　実は私も不思議に思っててね。でもずっと、私のことが見える人を探してたの」

白鷺は、僕の手をさらに強く握ってくる。まるで、狙った獲物は逃がさないというように。彼女が本当に幽霊だったとしたら、僕はそのまま冥界に連れていかれるんじゃないかという錯覚を覚えた。僕の背筋は冷たく凍る。

「あの、突然こんなお願いするのは本当に申し訳ないんだけど、助けてほしい人がいるの。隼斗くんにしか、できないことだから」

「ほかを当たってよ。僕、人助けとか無理だから」

「でね、初音《はつね》ちゃんっていう女の子のことなんだけど」

僕の言葉を無視して話し続ける白鷺に呆れて、握っていた手を再び振りほどいた。先ほどよりも強引に振りほどいてしまったから、少しだけ良心にチクリと痛みが走ったが、無理なものは無理なのだから仕方がない。

けれど白鷺は落ち込むような表情は浮かべておらず、なぜか僕の態度に首をかしげていた。

「……何？」

「なんか、聞いてた話と違うなって。強引に迫ったら、隼斗くんは了承してくれるって聞いてたから」

「そんなこと、誰に聞いたんだよ。突然知らない人が幽霊だとか言って、強引に迫ってきたら逃げるに決まってるだろ」

「って、私も思ったんだけどね。でも、小蒔ちゃんが……」

白鷺の口から突然飛び出した『小蒔』という名前。血液を全身に送り出す心臓が、大きくドクンと鼓動する。どうして彼女が小蒔の名前を出すのか、どうして彼女が小蒔のことを知っているのか、僕にはわからなかった。

名前が一緒の赤の他人かとも思ったが、すぐにそれを否定するように白鷺は続けた。

「栗山小蒔ちゃん。強引に行けば、隼斗くんが折れてくれるって」

「……知ってるの？」

「知ってるよ。だって、私と小蒔ちゃんは友達だから」

僕は思わず、白鷺の小さな肩を掴んでいた。制服越しに、彼女の体温が手のひらに伝わってきて、とても彼女が死んでいるとは思えなかった。

白鷺は、栗山小蒔と友達だと言った。それが本当なのか嘘なのか、彼女の心を読む術のない僕には知ることができない。

「どうして、知ってるんだよ。だって小蒔は……」

「心臓の病気だったんだよね」

僕の言葉を読んでいたかのように、彼女は言葉をかぶせてくる。そうだ。小蒔は心臓の病気を患っていて、ある日突然、僕の前から姿を消したんだ。

白鷺は、肩を掴む僕へにこりと微笑んで見せる。小蒔のことを知りたかったら、わかってるよね？　というように。

正直僕は今すぐに、小蒔のことを知りたかった。今も、どこかにいるのかもしれないという期待が胸の奥にあるけれど、同時に、それを知ってしまうのが怖いという相反する感情が僕を襲う。

それでも僕は、聞かずにはいられなかった。

「小蒔は……」

「小蒔ちゃんのことが知りたかったら、私のお願いも聞いてね。そうじゃないと、何

「も話せないなぁ」

僕は、言いかけた言葉を飲み込んだ。白鷺の肩から手を離し、立ち上がってすぐさま踵を返す。

「え!? ちょっと!?」

「もういい」

「小蒔ちゃんのこと、知りたくないの!?」

僕は白鷺の言葉を無視して、自宅への道を歩く。小蒔のことは、もちろん知りたい。けれど知ってしまうのが怖いし、そもそも僕なんかが彼女の友達を救うなんて無理だ。期待させるだけさせてしまって、白鷺が落ち込むのは始まる前から目に見えている。それならば、初めから関わらないほうが吉だ。

そう、心の中では考えるけれど、冷徹になりきれていない自分がいることにも気づいていた。白鷺という女の子が、本当に幽霊なのかは知らない。けれどそれが本当だったとして、すでに死んでしまっていたとして、僕だけが彼女のことを視認することができるのだとしたら、手助けをしない僕はとんだ薄情者だ。白鷺に呪い殺されたとしても、文句は言えない。

そんなふうに考え事をしながら歩いていると、いつのまにか白鷺の気配は消えていた。住宅街の真ん中で振り返ってみるも、そこにはもう彼女の姿はない。その事実に安堵を覚えた僕は、やはり薄情な人間なのだろう。

ふと、怪我をした手のひらを見た。そこには傷口を塞ぐように絆創膏が貼ってあって、そういえばお礼を言っていなかったことを思い出す。せめて、それだけでも言って別れればよかった。やっぱり僕は、酷い人間だ。

きっと今の姿を小蒔が見ていたとしたら、幻滅していただろう。もう、彼女が僕の前に現れることはないだろうけれど。


あれから数日後の春休み明け。新しい学生服に身を包んだ僕は、この前歩いた通学路を今日もひとりで歩き学校へと向かった。転入生のため、周りから注目を浴びるかもと心配したが、特に周りの高校生がこちらをうかがう様子はない。おそらく、新入生と勘違いしているのだろう。それともただ単に、僕の影が薄いだけなのか。

学校へ着いてすぐに職員室へ行き、先日挨拶をした加波先生の机へと向かった。先生は椅子に座りながら、有名な画家の絵が描かれた本のページとにらめっこしている。先生は美術を教えている先生なのかと思ったが、おそらく先生は美術を教えているのだろう。

しばらくすると僕に気づいた加波先生は、顔を上げてこちらを見た。読んでいた本を、パタリと閉じる。

「あ、おはよう。櫻井くん」

「おはようございます」

「早いね。緊張した？」

「いえ、特には」

初めから誰とも仲よくなる気のない僕には、必要のない感情だった。

「クラスのみんな、いい子ばかりだから。すぐに仲よくなれると思うよ」

「だといいんですけど」

「本当に、困ったらなんでも相談してね」

自然な笑顔を浮かべる加波先生は、おそらく心の底から優しさに満ちている人なのだろう。なるべく迷惑をかけないようにしなければと、そんなことをふと思った。

だけど、これだけは聞いておきたいと思い、僕は加波先生だけに聞こえる声の大きさでたずねる。

「あの、初音さんっていう女の子についてなんですけど」

初音という名前を出した途端、加波先生の口元がわずかに引きつったような気がした。だけどすぐに持ち直して、ごまかすように口角を上げる。

「もしかして、もう仲のいいクラスメイトができた？」

「いえ……たまたま耳に入ってきたので」

「そっか。初音ちゃん、今日から学校来てくれればいいんだけどね……」

不安げに視線を落とした様子から察するに、おそらく初音という生徒は学校には来ていないのだろう。初音という女の子を、学校に登校できるようにしてほしい。白鷺の言った助けてほしいという願いは、さしずめそのようなことを指しているのかもしれない。

「クラス分けが決まったときから、何度かお家にうかがってるんだけどね、なかなか出てきてくれないの。保健室だけでも、来てくれたら嬉しいんだけど……」

肩を落とす加波先生を励ます言葉を、僕は持ち合わせてはいなかったし、白鷺の頼みを断った僕に励ます権利などあるはずがない。だからこちらからたずねたというのに、僕はずっと黙っていた。

加波先生は一度大きく手を叩いて「前向きに考えよっか！」と仕切り直すように言った。

それから朝礼の始まる教室へと向かい、僕は加波先生に促されて簡単に挨拶をする。にこりともせず、ただ淡々と挨拶をする僕は、これから一年間を過ごすクラスメイトからいい印象を持たれていないだろう。

僕はそれでもよかった。期待をするだけ、失ったときの悲しみは大きい。ならば初めから心を冷たく閉ざしてしまえば、何も失わずにすむのだから。

朝礼が終わって、一限の始まるまでのわずかな時間を、僕はずっと机に突っ伏して過ごした。仮に話しかけられても、軽く短い会話だけですませようと考えていたが、そもそも誰にも話しかけられることはなかったから全ては杞憂だった。

けれど一限の数学が終わった途端、一番後ろの窓側の席に座っていた僕のほうへ、三つ前に座っていた女の子が近付いてきた。髪の短い、気の強そうな女の子。クラス委員長でもやってそうな雰囲気を醸し出している彼女は、僕のところへやって来てすぐに「クラス委員をしてる、高見葵《たかみあおい》」と挨拶をした。僕は、小さく頭を下げる。

「これから一年間、よろしくね。わからないことがあったら、遠慮なく私に聞いて」

「ありがと」

「校舎の案内とか、必要？　昼休みでも放課後でも、櫻井くんの時間があるときに案内してあげるけど」

昨日、ある程度の場所は見て回ったから、再び校舎の中を回る必要もないと思い、小さく首を振る。

そっけない態度を取ったというのに、高見は特段気にした様子も見せずに、空いている僕のひとつ前の席に座った。まだ、話を続けるのだろうか。よくよく周りを見渡してみれば、半数以上のクラスメイトがこちらに訝しげな視線を向けていて、なんだか気まずかった。

「櫻井くんは、どうしてこっちに？　答えにくかったら、答えなくてもいいんだけど」

「普通に親の仕事の都合」

「そっか。前に住んでたところは都会なの？」

「こっちよりは、栄えてたと思うよ」

「やっぱり、この町不便でしょ。駅前行かないと、大きな本屋とかないし」

「うん。まあ……」

　みんなが住んでいる場所を悪く言いたくはなかったが、ほかにうまい言葉が見つからなかったため、高見の言葉に同調することしかできなかった。けれど彼女は、やはり気にしたそぶりを見せない。

　だから僕は、彼女に言ってやった。

「あんまり、僕に関わらないほうがいいと思う」

　高見は、出しかけた言葉を飲み込んだのだろう。わずかに上がった小さな喉仏は、一瞬だけ元の位置へと下がっていった。僕の顔色をうかがうように、もう一度遠慮がちに口を開いた。

「もしかして、話しかけてほしくなかった？」

「……僕なんかと話してても、君が得することはないから。むしろ、悪影響しかないよ」

さりげなく周りに目配せしたのを、高見はおそらく見逃したりしなかった。彼女もあたりを見渡して、それから視線が僕のところへと戻ってくる。

「損得は、こっちが決めることだと私は思うんだけど」

「それは、そうだけど……」

「そんなことより、みんなと仲よくしなくていいの？」

「別に、話したいとは思わないから」

「緊張してるんじゃなくて、前の学校でもそんな感じだったとか？」

「まあ、うん……」

知らず知らずのうちに、僕は両腕を組んで高見から視線を外していた。

「これからも、たまに話していい？」

「……構わないけど」

「そ。よかった」

高見はまたさりげなく周りを見渡すと、今までの表情から一転して悲しげな雰囲気を漂わせた。その表情の意味が僕にわかるはずもない。彼女は立ち上がり、使っていた椅子を元の位置へと戻す。

「社交辞令じゃなくて、困ったら本当になんでも聞いていいからね」

それだけ言うと、高見は踵を返して自分の席に戻ろうとする。その背中に、僕は思わず声をかけていた。

「あの」

すぐにこちらへと振り返った高見は、軽く首をかしげて「どうしたの？」とたずねてくる。僕はどうしてか、彼女にそんなことをたずねていた。

「幽霊って、いると思う？」

「幽霊？」

不思議なものを見るような目で、僕のことを見下ろしてくる。けれどすぐに、その表情に陰りが見えた。唇を引きむすんだあと、友達に冗談を言うときみたいに、不自然な笑顔をつくって彼女は言った。

「もし、幽霊っていう存在がいるんだとしたら、私はきっと呪い殺されてると思う」

その言葉の意味が、やっぱり僕にはわからない。聞いても教えてはくれないだろうと思い、教室後方のドアに視線を投げる。先ほどから、ほかの生徒と同じ制服をまとった白鷺が、教室を覗き込んでいた。きっとその姿は高見には見えていない。

だから再びこちらを見た高見は、「どうしたの？」と言って首をかしげるだけだった。

「ごめん、なんでもない」

「そ」

「ねえ隼斗くん！　ちょっとお話あるんだけど！」

騒がしい教室の中に、僕を呼ぶ澄んだ声が響いても、誰もそれに反応することはない。

おそらく白鷺は、本当に幽霊なのだろう。僕はさっそく高見の厚意に甘えることにした。

「ごめん。二時間目は休むって伝えてくれないかな」

「はい？」

さりげなく、自分の頭に手を当てて頭痛を表現する。幽霊が見えるようになったのは、頭がおかしくなったとしか考えられない。

「もしかして、櫻井くんって不良？」

「そんなことは、ないと思うけど」

「まあ、初日で緊張するのも、無理はないかもね。二限目の先生には、ちゃんと言っておくから」

「ありがと」

お礼を言って、僕は白鷺の元へと向かう。だけど途中、僕に対するクラスメイトの会話が耳に届いた。

「櫻井くん、なんか暗いよね……」

「なんか、近寄りづらいっていうか……」

そのひそひそ話の一切を無視して、教室を出る。白鷺と目が合ったが、ひとまずはそれも無視した。誰もいないところで立ち止まって会話を始めれば、周りの生徒に不審がられる。

とりあえず誰もいない場所に行こうと思い、昨日白鷺のいた場所へと僕は向かう。学校の屋上だ。けれど屋上への扉に手をかけて、ノブを回してみても、鍵が掛かっているのか開く気配はなかった。

すると、白鷺は隣から覗き込んできて「ガチャガチャやってたら、勝手に開くんだよ」と教えてくれた。言われた通りにやってみると、鍵の開く音が響く。

「昨日も、こうやって入ったの？」

すると白鷺は勝ち誇ったような表情を浮かべて、自分の手を屋上の重たい扉に近付ける。指先は溶けるように屋上の壁に消えていき、それが手首までいったところで再び引き抜いた。

「……そんなことできるんだね」

「幽霊だから！」

今まで一縷《いちる》の望みをかけて、彼女が幽霊ではないと信じようとしていたが、そろそろ本気で認識を改めなきゃいけないのかもしれない。

「あんまり驚かないね？」

「うん、まあ」

曖昧な返事をして、僕は屋上の扉を開く。扉の軋む音と同時に校内にチャイムの音が鳴り響いて、二限の授業が始まった。

「あ、隼斗くん授業行かなきゃ」

「そんな心配してくれるなら、もっと時間のあるときに呼び出してよ」

「だって、廊下でもできる話だったから」

「僕が君と廊下で話してたら、ヤバイ奴だって思われるだろ」

他人と仲よくしたいとは思わないが、誰もいない場所に話しかけるヤバイ奴だと認識されれば、先生から家族に報告がいくかもしれない。そうなれば、多分病院へ連れていかれる。

白鷺は僕の言葉に、冗談を言われたときのような笑顔を浮かべた。別に冗談なんかじゃなかったのに。

「休むって言ってきたから、時間は気にしなくていいよ」

「なんか、今日の隼斗くんは優しいね。なんかあったの？」

「いや、なんというか……」

僕は、昨日怪我をした手のひらを見る。風呂に入ったときに剥がして、別の絆創膏へと取り替えたが、そこには昨日まで、白鷺がくれた絆創膏が貼られていた。

そのお礼を、僕はまだ言っていない。

「怪我の手当て、してくれたから。お礼言ってなかった、ありがと」

そんなふうに改まってお礼を言うと、白鷺は狐につままれたかのようなぽかんとした表情を見せた。

「あ、お礼言われるとは思ってなかった」

「言うよ、それぐらい。当たり前だろ」

「だって、聞いてたよりもそっけない人だったから。でも、聞いてた通りの人だったね、隼斗くんは」

「聞いてたって、誰から？」

僕が聞き返すと、白鷺は慌てたように自分の口を両手で覆う。都合の悪いことをしゃべってしまったのであろうことは、その態度だけですぐにわかってしまった。

「……もしかして、小蒔から？」

「なんでもない！」

白鷺は僕から離れ、逃げるように屋上へと出る。考えていることがこんなにも表に出てしまう人と出会ったのは、初めてかもしれない。

こちらを振り向いた白鷺へ追及の目を向けると、観念したように小さくため息を吐いた。

「あーあ、隼斗くんが手伝ってくれるまで、小蒔ちゃんとのことは話さないつもりだったのに」

「……もしかして、君って小蒔の従姉妹なの？」

「えっ、小蒔ちゃんって従姉妹いるの？」

逆に問い返されて、僕は困惑する。小蒔に従姉妹がいたかなんて、僕は知らない。そもそも小蒔の家族とすら、誰とも面識がないのだから。

「知らないよ、そんなこと」

「従姉妹っていうか、昨日も言ったけど普通に友達だよ」

当然のように白鷺はそう言った。

「……それでさ、用件は何。何もないなら、授業に戻るけど」

「あ、待って。すごい大事な話があるから！」

白鷺がそう言うならと、僕も屋上の石タイルの上に足を踏み出した。屋外は風が強く吹いていて、短い髪の毛をゆらゆらと揺らす。

白鷺は笑顔で手招きをして、屋上の端っこにある白い手すりへと僕を誘う。そして立ち止まったかと思えば、その手すりを背に屋上の床へと座り込んだ。

「ほら、隣座って」

「立ち話じゃ駄目なの？」

「こんな何もないところで立ち話なんて、私たち変な人じゃん。それに疲れちゃうし」

　それ以前に、こんなところを誰かに見られてしまえば、立っていても座っていても僕は変人扱いされる。けれど断りきれないだろうなと思った僕は、白鷺からやや離れて腰を下ろした。

　そうすると、白鷺は突然距離を詰めてきて、お互いの指先がぴとりと触れる。僕はそれにびっくりして、思わず手を引っ込めたと同時に反対側へとやや距離を取った。

　そんな僕を見て、白鷺はくつりと笑う。

「もしかして、女の子に慣れてない？」

「違う」

「そう否定するところが怪しいなぁ」

「だから、違うって」

　僕にとっては男子も女子も関係ない。仲よくなろうとは、思わないから。

「どうして、他人と仲よくしようとしないの？」

　そうたずねられ、僕は仕方なく本心を告げた。

「どれだけ仲よくなっても、いつかいなくなるからだよ。そんな寂しさを味わうくらいなら、ひとりでいたほうがずっといい」

「でも、ひとりじゃ寂しいよ?」

「別に、寂しくなんてない」

「じゃあ、なんでそんなに小蒔ちゃんのことを知りたがるのかな?」

「それは……」

白鷺の言葉に、僕は何も言えなくなる。たとえばもう一度小蒔と再会することがあったら、僕の考えは破綻することになる。矛盾していると、自分でもそう思う。

「それに、葵とは話してたよね?」

「その葵って誰?」

「高見葵ちゃん。私の友達だよ」

「あれは、向こうが話しかけてきたから話してただけだよ。好き好んで話してたわけじゃない」

「なぁんだ、つまんないの」

拗ねたように、白鷺は自分の足の先にある上履きをぶつけて、カツンカツンと鳴らす。彼女は、男と女がふたりで話していれば、片方に好意があると勘違いする人なのだろうか。

「あっ、でも葵は駄目だよ。葵好きな人いるから」

「興味ない」

「坂本《さかもと》京介《きょうすけ》くんっていうんだけどね。ふたりはお似合いだから」

「ところで、大事な話って何」

僕が話を戻すと、白鷺は馬鹿みたいに笑いながら「今してるじゃん。大事な話」と言った。呆れてしまった僕は、冗談に付き合うのも疲れてしまったため、すぐに立ち上がった。

そして教室へ向かおうとする僕の手を、白鷺はガッシリと握ってくる。僕はまた、驚いて白鷺の手を強引に振りほどこうとするが、まるで生者の手を掴む死神のように、彼女は僕の手を離してはくれなかった。

白鷺は僕の目を真っ直ぐ見つめて、安心させるように呟く。

「大丈夫だから」

僕の心臓はバクバクと鳴り続け、収まってはくれない。

額から、つるりと汗が伝う。喉がカラカラに乾いて、うまく声を出すことができない。まるで声帯を取られてしまったかのようにも感じられて、息もだんだんと苦しくなってきた。

「別に、取って食べたりはしないよ。だから、怯えたりしなくても大丈夫」

白鷺のその言葉で、僕は少しだけ我に返った。酸素を求めて肩で息を吸い、呼吸を整える。彼女の手を握る僕の手が汗で濡れていて、途端に罪悪感が湧き上がってきた。

彼女はポケットから薄ピンク色のハンカチを取り出して、僕に手渡してくる。

「……白鷺が使いなよ」

「違うよ。これ、初音ちゃんに返してほしいの」

恥ずかしい勘違いをしてしまい、僕は思わず顔が熱くなる。ポケットから自分のハンカチを取り出して拭いてから、初音という女の子のハンカチを受け取りポケットにしまう。

「こういうの、手で触れたりできるんだね」

「ねー、便利でしょ？」

物に触れることができても、彼女はすでに死んでしまっている。だからどうしてそんなに平然としていられるのか、僕にはさっぱりわからなった。もしかすると突然の死に驚いて、白鷺は自分の死を頭の中で理解していないのかもしれない。

「……ところで大事な話って、ハンカチのこと？」

「まあそれもあるけど、一番大事な話は今までしてたじゃん」

「どういうこと？」

「ほら、お話。私と隼斗くんの」

そこまで言われて、僕はようやく合点がいく。つまるところ白鷺は、初めから会話がしたくて呼び出したのだ。だから、廊下での立ち話でもよかった。

「また、君の友達のことを助けてほしいってお願いしてくるのかと思ってた」

それが図星だったのかどうかわからないけれど、白鷺はバツが悪そうに微笑んだ。少しはそういう意図もあったのかもしれない。

「初対面の人にあんなお願いするのは失礼だから、ちゃんと仲よくならなきゃと思って。だから、お話したかったの」

「それであわよくば、僕に頼みごとをしたかったと」

「うん。まあ、あわよくば……」

けれどすぐに「でも、仲よくなりたいって思ったのは、本当だから！」と、こちらに詰め寄ってくる。

「近いから、やめて」

「そんなに私のこと信頼できない？」

「今まで会った人の中で、一番信頼できない」

「うわ、ひどい！」

そんな言葉を言ったのに、白鷺は特に落ち込んだ様子を見せず、むしろ嬉しそうにけらけらと笑った。

僕はポケットの中に手を突っ込み、白鷺が渡してくれたハンカチを指先で触れる。これを受け取ってすぐにポケットに入れたということは、それが僕の本当の気持ちということなのだろう。

「家、教えてよ。僕知らないし」

そう言うと、白鷺は一瞬ぽかんと口を開けたあと、パッと表情を晴れさせ、僕の手を思いきり握ろうとしてきた。それをかわすと、彼女は頬を膨らませて抗議の視線を送ってきたが、無視した。

「まあ、手当てしてもらったお礼もあるし」

「うわ、素直じゃないね」

「素直になるなら、今すぐハンカチを加波先生に渡してくるけど」

「かなみせんせい？」

「知らないの？　担任の先生だけど」

「あ、カナちゃん先生か。みんなそう呼んでるし、一年の頃は三年の担任してたからあんまり話したことないんだよね」

「目上の人をちゃん付けって、どうなの……」

僕が呆れた視線を送ると、馬鹿みたいな笑顔で白鷺は微笑む。

それから僕は、白鷺からそっぽを向いて「一応、残りの授業出ておく」と言い、校舎の中へ向かおうとする。そんな僕の背中に、彼女は言葉を投げかけてきた。

「あとひとつだけ！」

その言葉に振り返ると、白鷺はまるで自分のことのように嬉しそうな笑顔を浮かべながら言った。

「小蒔ちゃん、隼斗くんのこと友達だって言ってた！」

「……そう」

「嬉しい？」

僕は唇を引きむすんだまま、答えることができなかった。

白鷺はそんな僕の顔を覗き込んできて、慌てて明後日の方向へと視線をそらす。彼女の澄んだ瞳に射抜かれれば、全ての隠し事を暴かれてしまうと思ったから。

「隼斗くんは、やっぱり素直じゃないね」

「みんな、本音は隠して生きるものでしょ」

「嬉しいときぐらい、本音は隠さなくていいと思う。特に、私に対しては」

「恥ずかしいだろ」

「恥ずかしくなんてないよ。だって私、死んでるんだし。私たちが話したことは、全部私たちの中で完結するんだよ」

何気なく話すその言葉を聞いて、僕の心はチクリと痛む。そんなふうに、死を冗談めかして使うべきではない。

もっと白鷺は悲しむべきなのだ。突然死んでしまったことを嘆いて、今みたいに笑顔を浮かべずに。そんな悲嘆に暮れている時間は、もう過ぎ去ってしまったのか。それとも悲嘆に暮れるのを忘れるほどに、あっさり死んでしまったのか、僕にはわからない。だから彼女の死を笑い話のように使うことを、したくはなかった。

「……君は、死んでしまったことが悲しくないの？」

僕がそうたずねると、白鷺はひとつも悲しい表情を見せたりせずに、首をかしげた。

「そりゃあ悲しいよ。友達と、お話しできなくなったし」

「もっと、なんかあるでしょ。泣きたくなったり」

「泣いたりはしなかったなぁ。だって結局死んじゃったのは、自分のせいなんだし」

「白鷺は悪くないだろ。注意不足だったとしても、悪いのは絶対に加害者のほうなんだから」

僕の言葉に、白鷺は急に驚いたような表情を見せる。けれどすぐにその意味深な表情は、笑顔へと変わった。

「優しいんだね、隼斗くんは」

「別に、普通でしょ……」

「普通じゃないよ。疑いもなくそんなことを言えるのは」

そんなことを嬉しそうに呟いて、白鷺は僕の横を通り過ぎていく。そして僕より先に校舎の中に足を踏み入れ、こちらを振り返った。

「それじゃ、放課後に校門の前で！」

僕が返事をする前に白鷺は階段を下りていき、やがてその姿は見えなくなる。ひとり取り残された僕は、未だ白鷺のぬくもりの残る手のひらを見つめた。速まっていた鼓動はいつのまにか落ち着きを取り戻していて、どうしてか心の中がすっきりしたように晴れ渡っている。

それはきっと、彼女が晴らしてくれたのだろうと、僕はそんなことを思った。


三限目の現代文の時間からは真面目に授業に参加して、昼食をひとりで食べる。これは前に通っていた学校でも同じことで、新しい学校に移ったとはいえ、何かが変わるわけでもない。

そんな昼食が終わってしばらく休憩していると、午後の授業が始まる。教壇に立つ先生の言葉を適度に聞きながら授業を受けていると、いつのまにか放課後がやってきて、僕は荷物をまとめて校門へ向かう。校門前の道には桜の木が連なっていて、あたり一面を桃色に染め上げていた。

僕は白鷺と合流したあと、学校から少し離れたところでようやく歩きながら話を始めた。

「ところで、初音って人の名字はなんていうの？」

「その双葉って人から借りたハンカチって、何か思い出の品だったり？」

「双葉《ふたば》だよ。双葉初音」

「ううん。トイレで借りたときに、返しそびれちゃっただけ」

　僕はなんとなく落胆する。亡くなってしまう前日に喧嘩をして返しそびれたとか、何かの隠語だとか考えていたのに、本当にただ返しそびれただけなんて。

「思ったんだけど、転校生の僕が返しそびれたハンカチを持ってて、しかもそれが双葉のものだって普通わからなくない？」

　ふと思ったことを聞いてみると、不意に白鷺は立ち止まって間抜けな表情を浮かべた。

「あ、ほんとだ」

「気づいてなかったの……」

「えーどうしよ。葵から頼まれたことにする？」

「それなら、普通に高見が返しに行くでしょ」

　僕はひとつため息をついた。こうなることを、予想できていなかったわけじゃない。なんとなく白鷺は、行き当たりばったりに行動するような人間に見えるから。

「家のポストに入れておくよ」

「え、駄目！　ちゃんと初音ちゃんに会わなきゃ！」

「無理だろ、怪しまれる」

「でーもー！」

僕は白鷺の言葉を無視して歩き続ける。手首を掴んで、駄々をこねる子供みたいに引っ張ってきたが、もう触られることに慣れてしまったから、気にせずに歩き続けた。

「もともとハンカチを返すだけだっただろ」

「せっかくここまで来たんだから！」

「無理なものは無理だって」

そうやって押し問答を続けていると、ふと目の前の家の表札が目に入る。そこには双葉という文字が刻まれていて、説得に夢中になっていた白鷺は「あ」と声を出した。どうやらここが、双葉の家らしい。

「恨まないでね」

恨まれても仕方ないと思いながら、そんなことを口にする。無理なものは無理だ。僕が誰かを助けるなんて。

ポケットから取り出したハンカチを、玄関ドアの横に設置してあるポストの中へと入れる。これで僕の役目は果たされた。あとは、誰かに見つからないうちに帰らなければ。そう思い立った矢先、白鷺が唐突に手を伸ばしてきて、インターホンのボタンを押してしまった。

それと同時に、ピーンポーンという間の抜けた音が家の中から聞こえてくる。

「あ、おい！」

「ふん、意地悪した罰だから」

「意地悪って、だから僕は……」

「櫻井くん？」

家の中からのものではない、僕の名前を呼ぶ第三者の声。慌てて後ろを振り返ると、そこには驚いた顔を浮かべた加波先生の姿があった。

そしてさらにタイミング悪く、インターホンのスピーカーの繋がる音が聞こえてきて『どちら様ですか？』という僕の母さんぐらいの年齢の女性の声が響いた。

どうしようかと焦っていると、加波先生はこちらに近付いてきて「初音ちゃんの担任をしている、加波です。今日配られたプリントを持ってきました」と話を進めてくれる。僕は、黙ったままだった。

せめて双葉の母親が玄関口へ来るまでに、加波先生に対する何かしらの言い訳を考えておきたかったが、それを考える暇も言う暇もなく、家のドアは開かれる。

「また突然うかがってしまい、すみません」

「いえ、むしろ初音が学校に行けなくて、申し訳ないです……えっと、そちらの方は？」

唐突に話を振られ、また何も言葉にできずしどろもどろしてしまう。そうやってあたふたしていると、加波先生は僕の代わりに話をしてくれた。

「今年から、うちの学校に来た転校生の子なんです。初音ちゃんに、挨拶できたらなと思いまして」

「あら、そうなんですか……ありがとうございます」

「いえ……」

僕はここへ来ることにあまり乗り気ではなかったし、双葉初音とも話すつもりはなかった。そんなことを、今ここで言えるはずもないため、もう流れに身を任せるしかない。

隣で満足そうな笑みを浮かべている白鷺のことを軽く睨みつけてから、僕は愛想笑いを浮かべて「櫻井隼斗です」と挨拶した。

「櫻井くんね。ごめんね、初音ったらあまり部屋の中から出ようとしなくて……」

「いえ、気にしないでください」

「今お茶を用意しますので、何もありませんが少しだけ上がっていってください」

なんだか話がよからぬ方向に進みそうだったが、僕の代わりに加波先生が慌てて軌道修正してくれた。

「双葉さん、お気遣いありがとうございます。でもさすがにお茶までいただくのは

「……」

「ご遠慮なさらないでください。加波先生には、いつもお世話になってますから」

そんな会話をいくつか交わした末に、ついに加波先生は押しに負けてしまった。どうしてこんなことになってしまったのだろうと考えて、それは隣でニヤニヤしている白鷺のせいだということを再認識する。本当に、面倒なことをしてくれた。

リビングへと通された僕らは椅子に座り、双葉の母親がキッチンでコーヒーを淹れているときに、加波先生はようやく僕に質問をしてきた。

「どうして、初音ちゃんのお家に来ようと思ったの？」

僕は一度、コーヒーを淹れている母親と、それを興味深げに観察している白鷺とを盗み見てから、答えた。

「双葉さんの友達が、すごい心配してて。それで僕も心配になったんですけど、その友達は事情があって行けないので、代わりに僕ひとりだけで」

嘘を話してしまったことに、罪悪感を覚える。双葉には会ったこともないから、本当はそれほど心配していないというのに。

「そっか、ありがとね。正直言うと、あなたのこともちょっぴり不安だったの」

「不安？」

「ええ。休み時間中とかも、ずっとひとりでいたから。けれど見た目通りの優しい人なのね」

　違う。僕は優しい人間なんかじゃないし、加波先生は大きな勘違いをしている。それを訂正しようと思ったが、母親がこちらに戻ってくるほうが早く、僕は言葉を飲み込んでしまう。

「先生は、どうして教師になろうと思ったんですか？」

　お盆の上のコーヒーを配りながら、母親はそう質問する。加波先生は少し照れたように頬を赤く染めながら、けれどはっきりと答えた。

「困っている生徒たちに、寄り添ってあげたいからです。夢を叶えるのをお手伝いできたらなと思いまして」

　その真っ直ぐな瞳を見て、偽善なんかじゃなく、本気でそんな決意を抱いて仕事をしているのだと伝わってきた。

「あら、熱意に溢れてますね」

「この気持ちだけは忘れずに仕事をしてます」

「きっと先生は、みんなから人気があるんでしょうね」

「そんなことないですよ。生徒から子供みたいだってからかわれてばかりです」

　初めて会ったときから幼い顔立ちをしていると思ってはいたが、どうやらそれは間違いなんかじゃなかったらしい。けれどからかわれることは、人気のあることの裏返しだろう。

　そんなふたりの会話をコーヒーをすすりながらしばらく聞いていると、途端に尿意が襲ってきた。「すみません。お手洗いお借りしてもいいですか？」とたずねると、部屋のドアを出て左に曲がったところにあることを教えてもらった。

　トイレで用を足してから洗面所で手を洗っていると、不意に背後に誰かの気配を感じた。ゆっくり振り向くと、半開きの洗面所のドアから女の子がこちらを覗き込んでいて、思わず驚いて肩を震わせる。短い髪に、自信なげな表情をつくる眉。瞳には怯《おび》えの色が混じっていて、小動物というイメージを彷彿とさせた。

　すぐに彼女が双葉初音なのだと、僕は理解することができた。

「もしかして、双葉、さん？」

　何も言わずにコクリと、彼女は頷いて見せる。まさかこんなところで対面するとは思っていなかったため、言葉を用意できていなかった。なんとか頭の中で文章をまとめて、双葉へ投げかける。

「あの僕、君のクラスメイトでさ。今日、担任の先生と一緒に、ここに来たんだよ」

　そんな説明をしても双葉はその場から動こうとせず、僕も洗面所から出ることができなかった。

「……あなたのこと、今まで学校で見たことありません」

「転校生なんだよ。今年からこっちに来た、櫻井隼斗」

「転校生……」

そう呟いたきり、双葉はまた黙り込んでしまう。僕は思わず、自分の頭をかく。こういうのは、慣れていない。気のきいた言葉をかけることもできずに、ただ沈黙だけが続いていく。

それを破ったのは、明らかにこの場にそぐわない、朗らかな声だった。

「隼斗くんー、どんだけトイレ入ってるの？　さすがに長いよ？」

その白鷺の声に、双葉はもちろん反応しない。わかっていたはずなのに、その事実に痛く心が締め付けられた。

それを、白鷺もわかっていたはずだ。

双葉を見つけた白鷺は「あ、初音ちゃん！」と言い、勢いよく腕を広げて抱きつこうとした。けれど、まるで雲を掴むように白鷺は双葉の体をすり抜けて、床に手をついて倒れ込む。

そのとき浮かべた白鷺の悲しげな表情を、僕は見逃したりはしなかった。悲しくないはずがないことは、わかっていたはずだ。

白鷺は痛々しい作り笑いを浮かべながら「そうだった。私、ほかの人にはさわれないんだった」と言い、ゆっくりと床から立ち上がる。

僕は思わず、双葉の目の前で「白鷺……」と呟いてしまった。呟いて、すぐにしまったと口元を押さえる。けれどそんなことをしたところで、すでに僕の漏らした彼女の名前は双葉に聞こえてしまっていた。驚いた表情を浮かべて、彼女は口元を震わせながらその言葉を呟く。

「……結衣のこと、知ってるんですか？」

今さらしらを切ることはできないため、僕は控えめに頷く。そして、白鷺が先ほど見せた痛々しい笑みを思い出した僕は、無意識のうちに言葉を発していた。

「学校、来なよ。いきなり教室は難しかったら、保健室登校からでもいいと思うし。多分そうしてたほうが、白鷺も喜ぶから」

手助けをするつもりなんて、なかったはずなのに。白鷺と双葉に、同情でもしてしまったのだろうか。

僕は無責任にそれだけ言ってから、双葉の横をすり抜けて洗面所を出ようとする。だけど、いつもより警戒心が薄れていた僕は、双葉が伸ばした手に気づかなかった。彼女は逃げようとする僕の手首を、まるで引き止めるように握ってくる。

その瞬間、僕の体中から汗が噴き出してきた。今までこうなることを恐れて、他人と一定の距離を取り続けていたというのに。白鷺が何度も体を触ってくることによって、完全に警戒心が薄れてしまっていた。

気づいたときには、もう遅かった。

拒否することもできずに、双葉の声が僕の脳内へと流れ込んでくる。

『絶対に、結衣は私のことを許してなんてくれないよ……』

それは、双葉自身の心の声だった。

『だって私のせいで、結衣は屋上から飛び降りて、死んだんだから……』

「……え？」

僕は、白鷺のほうを振り向く。彼女は落ち込んだ表情のまま、首を小さくかしげた。

けれど続く僕の言葉で、その瞳を大きく見開いた。

「自殺したって、どういうことだよ……」

双葉がそばにいることなんて、もはや気に留めている余裕はなかった。ただ白鷺に対する、どうすることもできない制御不能な感情が心の奥から湧き上がってきて、頭に血を上らせる。

白鷺は、否定なんてしなかった。いつものように馬鹿みたいに微笑んで、冗談だよと言ってほしかった。そんな淡い期待は、呆気なくも打ち砕かれる。

白鷺結衣は、まるでイタズラがバレた子供のような笑顔を浮かべて言った。

「あはは、バレちゃったか……」

もういても立ってもいられなくなった僕は、握られていた双葉の手を振りほどいて、何も言わずに双葉家から出ていった。

＊＊＊

これはきっと、僕に科せられた罰なのだと思う。

あの日車に轢かれて死の淵を彷徨った僕は、再び目が覚めたときに不思議な力が宿っていることに気づいた。

それは誰かに触れると、相手の考えていることがわかるというもので、僕はこの突然湧いた力を激しく忌み嫌った。

心の声を聞くということは、その人の隠している一番大切なものを盗み見る行為と同じだから。そんな気がなくても、僕が触れてしまえば、目には見えない大切なものを覗いてしまう。

そういうことに後ろめたさを覚えた僕は、それから他人と一定の距離を置いて生活するようになった。常に一定の距離を取れば、誰かに触れてしまうことはない。初めからひとりでいれば、小蒔がいなくなってしまったときのように、悲しみを背負うことはなくなる。

だから僕はいつも、ひとりでいた。けれど、なぜかはわからないけれど、白鷺だけは違った。彼女は初めから、僕が体に触れてしまっても、心の声が聞こえるなんてことはなかった。

それは、おそらく白鷺がすでに死んでしまっているからなのだと思うが、自分の力をあまり深く理解しようとしてこなかった僕には、やはりその原因はわからなかった。だから白鷺は僕が今まで出会った中で、唯一後ろめたさを覚えずに会話をすることができる相手だった。

けれど僕は今、そんな白鷺に対して激しい怒りを覚えている。どんな理由があって自分で命を絶ったのか、僕は知らない。だけど、どんな理由があったにせよ、自分で命を絶つなんてことは絶対に選んじゃいけないことだ。

生きていたくても、明日を生きられない人だっているのだから。突然病気を発症して、余命を宣告された人を僕は知っている。彼女は、小蒔はきっと、誰よりも強く生きたいと願っていたはずだ。

白鷺だって、小蒔の境遇を理解していたはずだ。彼女は小蒔のことを友達だと言った。病気のことも、ちゃんと理解していた。もし小蒔が、白鷺が自殺したことを知ったなら、あの優しい彼女でも、それだけは絶対に許せないと怒るはずだ。

だから、容認することなんてできない。

白鷺のことを、僕は許すことなんてできない。

＊＊＊

予報外れの雨によって地面に流れる澱《よど》んだ水は、散ってしまったピンク色の桜をくすんだ色にしてしまっていた。なんとなく、それを踏んで歩くのは躊躇《ため》われて、僕はあまり桜の落ちていない所を選んで学校へと向かう。

昨日はひと晩中白鷺のことを考えていて、正直あまり眠れていなかった。どうして自殺をしてしまったのか。それなのに、どうしてあんなにも、笑顔でいられるのか。その理由を、僕は知りたかった。

白鷺の心を読む術のない僕には、考えることでしか彼女の内側を探ることができない。だから僕は思考することをやめなかったけれど、そもそも出会ってまもない僕が、白鷺の内面をわかってあげられるはずがなかった。

結局空回りだけ続けて、朝日が昇り始めたときに、僕は考えるのをやめた。相手の心を知るには、対話をするほかに方法がない。

不思議な力を持っている僕は、そんな当たり前のことを今さらながらに痛感した。これも周りとの距離をおいて、ずっとひとりで過ごしてきたからなのだろう。

昇降口で上履きに履き替え、そのまま真っ直ぐ教室へと向かう。けれど二階への階段を上っているとき、偶然にも上の階から下りてくる加波先生と鉢合わせた。

軽く会釈をしてやり過ごそうとしたが、すぐに「ちょっと待ちなさい」と呼び止められる。僕は、立ち止まった。

「おはようございます、加波先生」

「あ、うん。おはよ、櫻井くん。少し時間、あるよね？　職員室来て」

「説教ですか？」

「ううん、違うわ」

そう言って加波先生は、僕を安心させるために微笑みかけたけれど、その笑みを素直に信じることはできなかった。多くの人には、二面性がある。人の心を読める僕は、それを痛いほどに理解している。

加波先生もきっと、顔には出していないけれど、昨日何も言わずに双葉の家から帰ったことを怒っているはずだ。だから警戒を解かずに、先生のあとをついていく。

早朝の職員室は、まだ職員たちも登校していないのか、席がまばらに空いている。

加波先生は普段自分の使っている椅子を、僕に勧めてくれた。

「昨日は、双葉さんのお家に来てくれてありがとう」

「はあ……」

「お母様も、とっても喜んでた」

喜ばせるようなことは、何もしていない。だって僕は、あのあと何も言わずに帰ったのだから。

「それでね、あなたが帰ったあとに、初音ちゃんとも話をすることができたの」

「……会ったんですか？」

「ええ。櫻井くんが来てなくて、先生ひとりだけだったら多分話せなかったと思う」

「それは、買いかぶりだと思います」

「でも、二階の部屋から櫻井くんが入ってくるのを見て、初音ちゃんも気になって一階に下りてきたんだから、やっぱりあなたのおかげよ」

そう言って、加波先生はまた「ありがとう」と、僕に頭を下げてお礼を言った。そういうことに慣れていない僕は、視線を彷徨わせてから話を変える。

「……双葉は、何か言ってましたか？　もしかしたら、傷付けたかもしれません」

そんな弱気な言葉を吐くと、加波先生はまた薄く微笑む。

「保健室なら、行けるかもしれないって」

「……そうですか」

「うん」

僕は、視線を下へと向ける。白鷺のことと、双葉のことが頭の中を巡る。そうやって考えを巡らせていると、誰とも関わらないつもりだったのに、蓋を開けてみれば多くの人と関わりを持ってしまっている自分に気づいた。

あのとき、何気なく呟いてしまった言葉。僕は双葉の負った傷を、何も知らない。親友が自殺したのだから、心に負った傷を僕は計り知れない。

だというのに、僕はあまりにも無責任なことを言ってしまった。学校に来ることそのものが、双葉にとって重荷になるかもしれないのに。

そんなふうに悩んでいると、加波先生は僕の頭の上に手のひらを置いた。優しく、温かい手のひらだった。

『ありがとう。櫻井くん』

それが、加波先生の本心だった。思わず顔を上げると、先生はすぐに頭から手のひらを離す。

「ごめん、高校生にするようなことじゃなかったよね」

「いえ……」

僕は小さく「ありがとうございます……」と呟いた。こんなこと、先生に聞くことじゃないと思いますけど。そう前置きをしてから、加波先生にたずねた。

「たとえば生徒がいじめられていたとしたら、加波先生はどうしますか？」

まだ、白鷺がいじめられていたと決まったわけではない。もっと、ほかの原因があったのかもしれない。けれど、聞かずにはいられなかった。

そんな僕の漠然とした質問に、加波先生は腕を組んで考える仕草をする。はぐらかしたりせずに、真面目に考えてくれた。

「助けたい、かな。だけど櫻井くんの質問は、そんな簡単な言葉ですませられる質問じゃないよね」

僕は、加波先生の言葉に頷く。世の中の真っ当な教員ならば、全員がいじめられている人を助けたいと答えるだろう。だけど実行に移すには、多大な困難が伴う。

「加害者を突き止めたとしても、教師が間に入れば危害を加えていた生徒から逆恨みをされて、現状がもっと悪化するかもしれません」

「そうね。櫻井くんの言う通りだわ」

また、加波先生は考える。そして考えた末に出した結論は、とてもあっさりとしたものだった。

「多分私なら、どんなに大勢の生徒がその子をいじめていたとしても、私だけは最後まで味方でいると思う」

僕は思わず、微かに顔をしかめてしまった。

「そんな簡単な問題じゃ、ないと思いますけど」

「うん、わかってる。そんな簡単な問題じゃない。だけど、学校が辛いものだったとしても、ひとりでもその場所に会いたい人がいれば、足が向かうんじゃないかと思うの。それが、教室じゃなくてもいい。保健室でも、相談室でもいいから、学校に来てほしい」

加波先生の心を盗み見なくても、それは本心で言っているのだとわかった。強い人なんだなと、僕は思う。もし、僕が小蒔と別れて傷付いていた時期に、加波先生と知り合えていたとしたら、何かが変わっていたのかもしれない。そんなのは、仮定に過ぎないけれど。

「先生、僕は思うんです。学校だけが全てじゃないって。嫌になったら、行けなくなったなら、辞めてもいいと思います。僕たち高校生は、まだまだいくらでも人生のやり直しがききますから」

気がつけば、僕はいつのまにか本心を話していた。誰かと衝突することを避けるために、今まで本心をさらけ出すのは控えていたというのに。きっと、これは白鷺の影響なのだろう。

「そうね。学校だけが全てじゃない。先生もそう思うわ。でも、私は教師だから。学校のよさを知ってほしいし、みんな笑顔で卒業してほしい」

「それがもう、手遅れなことだったとしたら、どうしますか？」

とても意地悪な質問だ。こんなのは、およそ教師に投げかける質問ではない。加波先生だって、立場というものがあるのだから。

けれど加波先生は、それでも本心を隠したりはしなかった。人差し指を自分の唇に当てて、「内緒だよ」と呟く。

「もし、その子にとって、学校が安らげる場所じゃなくなっていたとしたら、多分私は櫻井くんと同じことを考えると思う」

ほかの教師に聞かれていたとしたら、加波先生の評判は著しく下がっていただろうに、それでも先生は僕に話してくれた。だからここでの話は、ずっと胸のうちに留めておこうと、そう思った。

それから加波先生は、自虐するような微笑みを浮かべた。

「私、教師失格だね」

「そんなこと、ないと思います」

「どうして?」

「誰かが逃げ道を教えてくれたほうが、心は楽になりますから。逃げた先で、後ろめたい気持ちを抱かなくていいんだって思えます」

僕のその言葉に、加波先生は薄く笑みを浮かべる。そしてどこか遠くの景色を見つめるように目を細めて、鼻をすすった。

「教師って、難しいんだよ」

「なんとなく、見てたらわかります」

「誰かを助けたくて教師になったのに、結局は自分の目の届く範囲の人しか、助けることができないんだってわかっちゃうから」

「仕方ないと、僕は思います」

人ひとりが抱えることのできる容量なんて、たかが知れている。それでも必死に現状と向き合おうとしている加波先生を、教師失格だなんて思うはずがなかった。

「約束だよ」

加波先生は、短くそう言った。

「ここで話したことは、私と櫻井くんだけの秘密」

「わかりました」

僕は、加波先生の言葉に頷いた。

安心した表情を浮かべた加波先生は、机の引き出しから一枚のプリントを取り出す。

それには修学旅行の案内が書かれていた。

「修学旅行があるんだけどね」

僕には、無理だろう。修学旅行へ行くために、多くの生徒は一年の頃からお金を積み立てている。僕は今年転校してきたばかりだから、一円も積み立ててはいない。

「もし櫻井くんが行きたくて、親御さんが了承してくれるなら、負担になるけどみんなと一緒に行けるよ」

「いや、僕はいいです」

そんなことで、家族に迷惑をかけるわけにはいかない。それに僕が行ったところで、誰も嬉しいはずがないのだから。

「そう。でも、一応もう少しだけ考えておいて」

「……わかりました」

僕はその紙を折りたたんで、カバンの中へとしまった。

白鷺が誰かにいじめられて自殺したのか、それとも別のことが引き金になり、明日に絶望して自殺したのか僕は知らない。けれどやっぱり、どれだけ考えても自殺という選択をしたことを、僕は許すことができなかった。

だから、休み時間に白鷺が教室を覗きに来たけれど、全てを無視して過ごした。今白鷺と話せば、きっと心にもない言葉で彼女を傷付けてしまう。それがわかっていたから、僕は距離をおいた。

だけど放課後、終礼が終わった途端に白鷺は教室へと入ってきて、僕のそばで立ち止まる。そして微かな声で「あの、隼斗くん……」と呟いた。

無視をしなければならない僕は、カバンに教科書やノートを詰め込み、帰る支度を続ける。

「……話したいことがあるの。だからこのあと、屋上に来て」

僕は迷ったけれど、小さく頷いた。このまま白鷺から目をそらし続けても、何も変わったりしない。

カバンに荷物を詰め込んでいると、今朝加波先生からもらった修学旅行についてのお知らせの紙が目に入る。取り出して、初めて僕は内容を確認した。二泊三日で京都や奈良を巡り、歴史的な神社や建物を見学するといった趣旨の旅行。中学の修学旅行も京都と奈良を巡る旅行だった。一応グループの中に入れられていたが、すでに出来上がっているグループの中に半ば強制的に入れられたため、当日どこを回るかを空き時間に決めているときも、実際に京都の町を歩いているときも、僕はただ気まずいだけだった。

けれど今回は、初めから行かないという意思を固めている。そうすれば、誰にも迷惑をかけることはないのだから。

「それ、修学旅行の案内？」

修学旅行の案内に目を通していると、僕は突然見知らぬ誰かに話しかけられた。驚いて横に視線を向けると、そこには何かのラケットケースを背負った、いかにもスポーツマン風の容姿を持った男子生徒が、興味深げに僕のことを見下ろしていた。

クラスメイト、なのだろうか。僕にはそんなことさえわからなかった。

「うん、まあ……」

「櫻井、行くの？」

「行かない、かな」

名前を覚えられていたということは、おそらく彼はクラスメイトだ。僕らふたりの会話が始まった途端、クラスの空気が張り詰める。

「仲のいいやつ、修学旅行でつくればいいのに」

「そうよ。親睦を深めるために、櫻井くんも来れば？」

いつの間にか、肩にバッグを下げた高見もこちらに近付いていた。静まり返る教室と、ふたりのクラスメイトに見下ろされた僕は、思わず体を萎縮させてしまう。

どうして僕に関わろうとするのか、わけがわからなかった。

「あの、ほら、お金の問題もあるから」

「あーそっか、積立金ないもんな」

「うん、それに、引っ越してきたばかりだし」

そんな、取ってつけたような理由を列挙していく僕。本当は家にどれだけ貯蓄があるか知らないし、引っ越しといっても父さんの勤めている会社から、いくらかお金が出ているはずだ。だから、お願いすればみんなと同じように修学旅行に行けるかもしれないが、そもそも僕が乗り気じゃない。乗り気じゃない人にお金を使うほど、無駄なものはないだろう。

「みんなで楽しんできて」

愛想笑いを浮かべ、僕はバッグを持って立ち上がる。

「ごめん、急いでた？」

そんな高見の質問に、僕は馬鹿正直に「ちょっと、人を待たせてて」と言ってしまう。案の定、高見の表情に興味の色が浮かび「もしかして、ほかのクラスで仲のいい人できたの？」とたずねられた。

僕は一瞬迷って「違うよ」と答える。白鷺は、どこのクラスにも所属していない。

隣にいた彼は、「もしかして、向こうの彼女と電話？」とからかってくる。その質問に対しても「そんなんじゃないって」と返す。僕は、さも急いでいるふうを装って
「ごめん、また明日」と言い、ふたりの間を通り抜けた。

後ろから「じゃあな」「また明日」という声が聞こえてきたときにはもう、僕は廊下に出ていた。


扉を押して屋上へ出ると、白鷺は昨日と同じ場所に腰を落ち着けていた。僕を認めるとすぐに立ち上がり、こちらへ気まずそうな微笑みを向けてくる。

「ごめん、突然呼び出しちゃって」

白鷺は、両手の指をお腹の前で弄《いじ》りながら、うかがうように僕のことを見て、おずおずと口を開いた。

「えっと、黙ってたのはごめん……いつか、話さなきゃなとは思ってたんだけど……」

「どうして黙ってたの？」

「……それは、隼斗くんが怒ると思ったから。小蒔ちゃんのことが、あったから」

それは、そうだ。というより、自殺をしましたなんて言われたら、誰だっていい気分はしない。誰だって、僕のような感情を少なからず抱くはずだ。

それから白鷺は、勢いよく頭を下げた。その拍子に長い髪の毛も大きく揺れる。

「ごめんなさい！」

そう言って十秒ほど頭を下げ続け、再び顔を上げたときには、白鷺の瞳に涙がたまっていた。今まで僕の前ではずっと、飄々《ひょうひょう》とした態度を取っていたというのに。

「……僕がどうして怒ってるのか、白鷺はわかってないよ」

「……え？」

「自殺してしまったことは、もちろん許せないよ。白鷺をそうさせてしまった周りのことも、僕は許せない。でも、今一番苛立ってるのは、助けてほしい人がいるって言ったのに、隠し事をしたってこと。双葉が引きこもったのは、白鷺の責任だ。それなのに、君は真実を隠した。自分の責任の尻拭いを、何も知らない僕にやらせようとしたんだ」

涙で滲んだ白鷺の瞳に、動揺の色が走る。僕は白鷺の過失を追及したけれど、もし自分が同じ立場だったとしたら、おそらく同じことをしたのかもしれない。

だから白鷺の気持ちも、少しは理解できる。自分が自殺をしたせいで、親友が引きこもるようになった。そんなときに、何も知らない転校生がやってきて、自分のことが唯一視認できるなんて、真実を隠して飛びつくに決まっている。

僕が白鷺に言う言葉は、すでに決まっていた。

「自殺をした理由を教えてよ。それを知ることができたら、僕の気持ちも変わるかもしれない」

今日はずっと、そのことで悩み続けていた。いじめられたのか、それとも家族が死んで世の中に絶望したのか。そんなありふれた理由しか、僕には思いつくことができなかった。

だから本当の理由を知りたかったというのに、白鷺の返した言葉は僕の予想から大きくかけ離れているものだった。

「……自殺をした本当の理由を知るのは、生きている人には絶対にできないことなんだよ。だから、理由は話せない」

そう言って、白鷺は目を伏せた。自殺をした本当の理由を、当人以外は知ることができない。そんなのは、至極当然のことだ。遺書が書いてあったとしても、それが本音かどうかは死んでしまった人にしかわからないのだから。

「それに自殺をしたのは、結局は自分の責任だから。それを誰かに押し付けるなんてことを、私はしたくないの。誰も、悪くなんてない。私の心が弱かっただけ。それでも隼斗くんは、納得できない？」

僕は喉の奥から絞り出すように、言葉を吐いた。

「そんなの、納得なんてできない……」

飛び降りたのが自分の責任だったとしても、そこまで白鷺を追い込んだ加害者に全く責任がないなんてことは、ありえない。白鷺のやっていることは、加害者をかばうためのただの自己犠牲だ。そんなことは、絶対に納得することも、容認することもできるはずがない。

白鷺自身と、変わることのない残酷な過去に憤りを覚える。それを、深呼吸をすることによって僕は自分をなだめる。

納得なんて、できない。だとするならば、納得できるよう行動するほかに、僕の選択肢はなかった。

「……それじゃあ白鷺は、自殺したことを後悔してる？」

白鷺の手を、僕は握りたかった。心を読んで、ひた隠しにしている本音を知りたかった。けれど彼女の心を読む術を僕は持ち合わせていない。初めて、僕に宿った力に歯がゆさを覚える。こんな力を持ってしまってから、ずっと使わないことだけを考えてきたはずなのに。

どうしてこんなときに、一番知りたい彼女の心を読むことができないのだろう。

僕は白鷺の話していることが、本当なのか偽りなのかわからない。それならば僕にできるのは、彼女の言うことを信じることなんじゃないかと、そう思った。

白鷺は、やり場のない感情を仕方のないことだと自分を丸め込むように、「後悔、してるよ。みんなのこと、傷付けちゃったし」と呟いた。

僕は一度息を吸い込んでから、そう言った白鷺に一歩踏み込む。

「違うよ。僕は、君のことが知りたいんだ。誰かのための自分じゃなくて、白鷺自身のことを知りたい。君は自殺をして、後悔したの？」

白鷺は一瞬驚いた表情を浮かべたあと、やはりいつものように薄く微笑んだ。その微笑みは、まるで友達に見せるときのような、僕が小蒔に見せていたときのような、やわらかい笑みだった。

「やっぱり、後悔してる。辛くても、もう少しだけ踏みとどまってればって、思った。そう感じたのも、つい最近のことなんだけど」

「最近？」

そうたずね返すと、白鷺は照れたように頬をかいた。

「もう少しだけ、この足が踏みとどまっていれば、隼斗くんに会うことができたから。そうすれば、何かが変わってたのかもしれないなって、今はそう思うの。私も隼斗くんも、きっとちょっとずつ変わってた」

それは、わずかに覗かせた彼女の本音なのだろう。誰でもいいから、自分のことを助けてほしかった。そんなやりきれない白鷺の思いが、僕の心の内側まで届いたような気がした。

そして……僕も気づく。こんなにも、誰かのために必死になっている自分に。今までの僕は、全ての人間関係を消極的に捉え続けてきた。今までの僕だったら、きっと何も知ろうとはせずに、白鷺のことを完全に無視して、距離を置いていた。けれどその選択肢を、僕は自ら放棄していた。

白鷺に関わったのは、初めは小蒔のことを知りたいという利己的な理由だったかもしれない。だけど今は、それだけじゃない。僕は純粋に、白鷺のことを知ろうとしていた。

白鷺の言う通り、僕には彼女との出会いで、わずかな変化がもたらされている。その自分の心に、偽りはない。心の奥底にある思いが偽りではないということを、僕はほかの誰よりも知っている。

だから、自分のことを助けてもらった分だけ、今度は白鷺のことを助けてあげなきゃいけないと、純粋にそう思うことができた。彼女の死の原因を知ることができなくても、知る努力をすることだけは諦めたくない。

ならば僕にできるのは、白鷺に協力することだけだ。

僕は白鷺に近付いて、手を差し出す。一瞬きょとんとした表情を浮かべた彼女は、恐る恐るといったふうに僕の手を握ってくれる。

「これだけは、約束して」

白鷺の目を真っ直ぐに見て、僕は言った。

「もし次に生まれ変われることがあったら、絶対に自分で命を絶たないで。助けてくれる人は、必ず現れるから。そのことを、忘れたりしないで」

「そんなこと、生まれ変わったあとまで覚えてられるわけないよ」

「それでも、忘れないで。強く願えば、そんな些細なことぐらいは、叶うかもしれないから」

何もかもを諦めて願わないより、叶うと信じていたほうがずっといい。そうやって願い続けていれば、一度ぐらいは奇跡が起こるかもしれないから。

白鷺はなおも迷うそぶりを見せていたが、僕が強く手を握りしめると、一度唇をひき結んだあと、いつもの笑顔を浮かべた。

「わかった。次があるなら、自殺なんて絶対にしない」

それを聞いて、僕は心の底から安堵した。そして握っていた手を離すと、手のひらに白鷺の体温がほんのりと残る。毎回のことだが、この感覚に触れるたびに、白鷺はまだ生きているんじゃないかと錯覚する。彼女はもう、死んでいるはずなのに。

手を握っていたことに恥ずかしさを覚えたのか、白鷺はごまかすようにさっきまで座っていた方向を指差した。

「あ、ほら、私そこから飛び降りたんだよ。ちょうど、美術室の上らへん」

「そういう物騒なこと言わないでよ……」

「ごめんごめん」

それから白鷺はもう一度、改まった表情を浮かべたあとに「ごめ……」と言いかけて、その言葉を飲み込んだ。僕が首をかしげると、またそれをごまかすように口角を上げる。

今度こそ意を決したのか、白鷺は僕の目を真っ直ぐに見て、改めて口を開いた。

「ありがとう」

そのときに見せた白鷺の笑顔を、僕はこれから先、一生忘れたくはないと心に誓った。

＊＊＊

「栗山さんの容体が急変したのよ」

あの日、僕がようやく歩けるようになるまで回復した日。小蒔の病室だった場所へ行った僕に、母さんはそう説明した。

何かの悪い冗談だと思って詰め寄ったけれど、母さんはとても辛そうな表情を浮かべるだけで、それが冗談だとは言ってくれなかった。

小蒔に渡すはずだった本は僕のところへと戻ってきて、それから彼女だけがいなくなった日常が始まる。あまりにも突然の出来事だったから、その日常が悪い冗談のようにも、悪夢のようにも思えて、けれどその悪夢が覚めてくれることはなかった。

一番の人気者がいなくなったクラスは、連日お通夜のような様相を呈していた。それでも先生が明るくしようと振る舞っているのが余計に痛々しくて、僕の心はひどく痛んだ。

やがて小蒔がいなくなったことをクラスメイトは自覚し始めたけれど、再びその輪の中に僕が入ることはなかった。もう、知ってしまったから。どれだけ大切な人でも、ある日突然別れが来る。その別れを思うなら、初めから誰とも関わらないほうがいい。

そうやって学校生活を排他的に過ごしていると、僕はいつの間にか、周りのクラスメイトからいじめを受けるようになった。私物を隠されたりなどの嫌がらせから始まって、いじめを受けていることを先生が自覚し始めれば、今度は周りが僕を無視するなどの陰湿なものへと変化した。それでも僕は声を上げたりはしなかった。これは僕が生き残ってしまった罰なのだと、そう思っていたから。

死にたいと思った瞬間は、いくつもあった。けれど最後に行動へ移さなかったのは、生きたくても生きることのできない人を知っていたから。それに、僕は小蒔と約束したのだ。

大人になるまで、ずっとそばにいると。それは、果たされなかった約束だけれど、いつか僕の前に戻ってきてくれるのではないかと信じている。だから、辛い現実でも耐えることができた。

あの日に交わした約束だけは、今でも覚えている。

けれど僕が大人になってしまったとき、そのとき小蒔がそばにいなければ、僕は自分がどうなってしまうのかわからない。そもそも僕には、大人になるということすら曖昧だった。一体、どれだけ小蒔のことを待てばいいのか、誰か僕に教えてほしかった。

生きることに希望を見出せない僕は、わずかに残った小蒔の思い出だけを頼りに、今を生きている。
そして、醒めない夢は、きっとまだ続いている。

第二章　心の周波数

翌日、眠りから覚めていつもの通り家族とリビングで朝食を食べていると、母さんは「そういえば」と言い、思い出したように僕にたずねてきた。

「修学旅行、行くわよね？」

断定した口調でそう言った母さんに、中学二年の妹である麻帆は、少し寂しそうな視線を向けてくる。

「隼斗、旅行行くん？」

一瞬迷って言葉に詰まったけれど、僕は母さんと麻帆に正直に打ち明けた。

「行かないよ」

そう言って胡椒を振った目玉焼きを口に入れると、隣に座っている麻帆がほっとした表情を浮かべたあとに、心配そうにたずねてきた。

「もしかして、友達いないん？　新しい学校でもつくれなかったん？」

「それもまあ、そうだけど。修学旅行って来月だから。もう人間関係が出来上がってるのに、僕なんかが行ったら空気悪くするだけでしょ」

「別に、そんなことないと思うげんけど。私、もう学校で友達できたし、グループにも入れてもらえたよ？」

「麻帆は、好かれるタイプだからでしょ」

「隼斗も、好かれるタイプだと思うよ」

それは身内贔屓が過ぎる。こんなふうに家族に接しているときの自分と、学校での自分は全然違う。それを麻帆も中学に上がったときから薄々感づいているはずなのに、まだ僕をそんなふうに評価している。

そういうふうに思ってくれているのは嬉しいが、いつか麻帆も、本当の僕がクラスでいつもひとりでいる根暗な奴だと理解し始めるに違いない。そんなふうに僕を認識し始めたときが、妹の成長したときなのだろう。まあ、麻帆が反抗期を迎える頃には、もう僕は大学生で、ここにはいないだろうけど。

父さんは誰よりも早く朝食を食べ終え、茶碗に残っていたお茶を飲み干してから、言った。

「高校でできた友達は、なかなか縁が切れないからな。一生の付き合いになることだってある。何にせよ、いいやつが見つかるといいな」

そう言い残すと、父さんは食器を重ねてキッチンへ持っていき、会社へ向かう支度を始めた。母さんも食べ終わってすぐに、父さんの手伝いを始める。それはいつもの見慣れた光景だった。

食べるのが遅い僕と麻帆は、最後までテーブルについて話をしながら朝食を食べている。

「そういえば担任の先生からね、進路の話されてん。まだ二年生なんに、早いよね」

「受験勉強なら、早い人は中一の頃からゆっくり進めてるよ」

「そんな早くからできんくない？　まだ、どんな仕事に就きたいかも考えれてないんに」

「まだそういうのは、考えなくていいんじゃないかな。僕も、まだどこの大学に行くか迷ってるし」

そう麻帆に言ってしまってから、しまったなと思った。麻帆に大学の話は禁句であり、決まって寂しそうな表情を浮かべてしまうから。

「隼斗、やっぱりひとり暮らしするん……？」

「……うん。まあ、県外に行きたいなって、ずっと思ってるから」

「それなら、別にもう大丈夫やないん？　こっちに引っ越してきたんやし」

「いつも言ってるけど、ひとり暮らしがしたいんだよ。いつまでも親に頼るわけにはいかないし」

麻帆は泣きそうな顔になって、朝食を掴む箸の手が止まる。どうやら麻帆は、僕がひとり暮らしをするのが寂しいらしく、話題に上ればいつもこんなふうに寂しげな表情を浮かべてしまう。

おそらく麻帆が高校に上がって、僕が大学へ行ってひとり暮らしを始める頃には、兄のことなんてどうでもよくなるのだろうが、今はまだ中学生だ。家族がひとり欠けてしまうことに不安を覚えるのも、仕方がないことなのかもしれない。

麻帆がナーバスになっているとき、僕はなるべく麻帆をひとりにさせないようにしている。わざと朝食を食べるペースを麻帆に合わせ、一緒にキッチンで食器を洗い、わずかな間だが、今日もなるべく一緒にいてあげた。

そうして麻帆も中学へ行く支度をするために自室へ入ると、父さんを見送ってリビングに座っていた母さんが僕に手招きしてくる。

「僕も学校あるんだけど」

「ちょっとだけだから」

僕は仕方なく、時計を確認してから母さんの対面の椅子に腰を下ろした。母さんはコーヒーを片手に、やわらかな笑みを僕に向けてくる。

「隼斗が優しい子に育ってくれて、お母さんは嬉しいよ」

「いきなり何の話？」

「修学旅行に行かないの、麻帆のためなんでしょ？」

母さんには全て見透かされていて、僕の言葉は喉の奥へ引っ込んでしまった。

「中学の修学旅行のときに、麻帆がぐずってたからね」

一昨年の中学三年の頃を思い返す。たった二年前の出来事だというのに、母さんは昔を懐かしむような笑顔を浮かべた。

「飛行機が落ちるかもって、隼斗に泣きついて大変だったね」

「僕は、飛行機じゃなくて電車で行くって言ったのに。麻帆は映画とか、そのとき読んだ小説に影響されすぎなんだよ」

「出発の日も、今生の別れみたいに抱きついてたし」

「あれも、大げさすぎ。たった二泊三日なんだから。むしろ兄がいなくなって清々するのが普通でしょ」

「そうね。お母さんとしては、ひとり分ご飯をつくらなくてよかったから、楽だったかも」

「でしょ？　そう思うのが、普通なんだって」

「でもね、お母さんもやっぱり、寂しいなって思ったの」

僕は、母さんの言葉に黙り込む。そんな話は、今まで一度もされたことがなかった。

「お父さんを見送って、隼斗を見送って、麻帆を見送って、みんながいない間に家事をして、いつも聞こえてくるただいまがふたり分で、夕食をつくりすぎちゃって、旅行に行ってていないのに、隼斗の部屋をノックしちゃって」

一度母さんは言葉を区切り、コーヒーカップに口をつけた。それからひと呼吸置いたあとに、また口を開く。

「いなくなったことを実感したときに、初めて寂しくなるんだなってわかった。麻帆はそれが、お母さんよりもずっとわかってたんだと思う」

「……どういうこと？」

「あんたが交通事故に遭う前って、麻帆はあんなに構ってちゃんじゃなかったじゃない。でもあの事故があってから、麻帆は変わった。面会時間のギリギリまで、目が覚めない隼斗のそばで泣きじゃくって、目が覚めたときも大泣きして、隼斗に抱きついて」

また僕は、過去の出来事を思い返す。目が覚めた瞬間、全く動くことのできない僕に、麻帆は勢いよく抱きついてきた。そして耳からも、頭の中からも、麻帆の叫びが聞こえてきて……初めて聞いた心の声が、もっと別のものだったとしたら、僕は本当の意味で心を閉ざしていたのかもしれない。

今でも忘れずに覚えている。

麻帆が言ってくれた『生きててくれてありがとう』という、温かな言葉を。

「麻帆はね、兄離れしてないとかじゃなくて、単純に隼斗がいなくなるのが怖いのよ。そういうこと、わかってあげて」

「……そんなに別れるのが怖いなら、初めから距離をおけばいいって、僕は思う」

「そうは言うけど、隼斗も麻帆に優しくしてるでしょ？」

母さんの言う通りだ。僕は学校では排他的に過ごしていても、家族にはいつも通りの自分を振る舞っている。

「でもそれは、麻帆が傷付くからだよ。麻帆が甘えてこなかったら、きっと距離をおいてた」

「麻帆も、隼斗と同じなの。別れが辛くても一緒にいるのは、目の前にいる大切な人を笑顔にしたいから。大切な人と過ごす今を大切に生きてるのよ」

もし、母さんの言う通りなのだとしたら、僕は、過去ばかりを振り返っているのだろう。過去の思い出にすがって、逃避ばかりを続けている僕には、ほかの誰かを笑顔にしたいなんて素晴らしいことは、考えることができなかった。

母さんは残ったコーヒーを飲み干すと、改めてこちらを見て笑顔を浮かべる。

「それはそれとして、あなたがいなくなったあとの麻帆は、ちゃんとこっちで面倒見とくから安心しなさい。修学旅行楽しんできてね」

「だから、行かないって」

「はいはい」

呆れているのか、おちょくっているのか、母さんは適当に返事をすると、掃除機を持ってきて床の掃除を始めた。僕も早く支度をしなきゃと思い自室へ向かうと、ちょうど部屋から出てきた制服姿の麻帆とばったり鉢合わせる。

先ほどの母さんとの会話が尾を引いて、声をかけられずに目をそらすと、麻帆は僕の肩をポンと叩いて笑顔を浮かべた。

「行ってきます、隼斗」

「う、うん。行ってらっしゃい」

結局、いつも通りの麻帆に戻ったのだろうか。僕が返事をすると、満足そうな表情を浮かべて玄関のほうへと歩いていった。

そんな麻帆の後ろ姿を見て、僕がいなくなったあとの麻帆の姿を思い浮かべる。あの日、本気で涙を流していた麻帆の姿を思い返す。

せめて僕が大人になるまでは、大学生になるまでは、なるべく麻帆のそばから離れたくないなと、そう思った。

その日の教室は、いつもより少しだけざわついていた。その理由を誰かに聞けるはずもない僕は、そもそも興味もないため椅子に座り、カバンの中から文庫本を取り出した。

そうやって自分の世界に入ろうとしていると、唐突に昨日僕に話しかけてきた男子生徒がこちらへと近付いてきて、「はよ、櫻井」と話しかけてくる。それが挨拶だとわからなくて、かなり遅れたあとに「あ、おはよ……」と返した。彼は特に気分を害した様子もなく、続ける。

「双葉ってやつ、知ってる？　クラスメイトなんだけど」

「うん。まあ」

「今まで学校休んでたんだけど、保健室に来たんだってさ」

「そうなんだ……」

あれからずっと、僕が言った言葉は正しかったのかを考えていたが、答えは出なかった。考えなしに無責任なことを言ってしまい、正直後悔している。けれど言葉はもう取り消せはしないし、双葉が学校に来ることで喜んでくれる人がいるということも知っている。

僕は白鷺の頼みごとを手伝うと決めた。その言葉はもう取り消すことはできないから、せめて双葉が学校にまた通いたいと思ってもらえるようにならなければいけない。

僕は、ちょうど登校してきた高見を見つけると、一度覚悟を決めるために手を握りしめた。それから立ち上がって、席に着こうとする彼女を呼び止める。

「……ちょっと、話があるんだけど」

「え？」

ちょうどカバンを机に掛けようとしていた高見は、やや驚いた目をこちらに向ける。当たり前だ。今まで素っ気なかった転校生が、突然話しかけてきたんだから。

高見の驚きはクラス中に波及してしまい、変な空気をつくってしまう。その空気にいたたまれなくなった僕は、すぐに話を進めた。

「ちょっと、話したいことがあるから。一緒に来てほしいんだ」

「え、何、高見に告白？」

隣にいた彼は、囃し立てるようなことを言いながら僕のことを見てくる。高見はわずかに顔を赤くさせて、それから彼のことを睨みつけた。

「櫻井くんが困るじゃない。そういう冗談言うのやめて」

「でもさ、櫻井が高見以外のやつと話してるの、見たことないし」

「違うよ、告白とかそんなんじゃない」

僕が改めて否定すると、彼は明らかに落胆したように肩を落とす。他人の恋愛ごとに興味のない僕には、どうして彼が残念がるのか理解できなかった。

「普通に話したいことがあるだけなんだけど、今駄目だった？」

「別にいいけど」

高見は誘いに了承したあと、僕の隣にいる彼を見て言った。

「こいつが勘違いして噂広められるのも嫌だから、連れてっていい？」

「んなことしねーっつーの」

「信用できない」

高見が一蹴すると、彼はわざとらしく肩をすくめてみせる。ふたりとも、なんだかんだ言って仲がいいのかもしれない。

人が増えてしまうのはなんとなく嫌だったが、白鷺を知る人物が多いほうがいいと思った僕は、高見の言葉に頷いた。

「いいよ」

そう僕が了承すると、彼は少し嬉しそうな表情を浮かべた。


僕がふたりを引き連れて廊下を歩いていると、道中校内をうろついていた白鷺と遭遇し、僕らのあとを興味深げについてきた。白鷺も空気を読めるようになったのか、僕の隣を歩きながら嬉しそうな表情を浮かべるだけで、話しかけてはこない。

適当な空き教室を見つけて中に入り、僕はふたりを呼び出した経緯について説明することにした。

けれど僕が話し始めようとすると、高見と一緒についてきた彼が「ちょっと待った」と言葉を遮ってきた。首をかしげると、彼は改まった態度を見せる。

「俺、坂本京介。よろしく」

突然の自己紹介に、僕らは呆気にとられる。高見は呆れたように坂本のことをねめつけた。

「そんなこと、同じクラスなんだから櫻井くんも知ってるわよ。だよね？」

「いや、ごめん。今知った……」

正直にその事実を話すと、高見が今度はこちらに呆れた視線を送ってくる。僕のそばにいた白鷺も「えぇ!?　知らなかったの!?」と、驚いたように言った。当然のごとく、その声はふたりには聞こえていない。

「えっと、昨日ふたりで話してたよね？」

「話してたけど、自己紹介すんの忘れてたんだよ」

「僕も、名前聞くの忘れてた」

僕の場合、そもそもクラスメイトかさえわからなかったけれど。しかし、坂本京介という男子生徒のことを、僕は知っていた。

白鷺が話題にあげていたから、きっと生前の知り合いなのだろう。そして、高見が好意を寄せている相手でもある。

高見が坂本に見せる態度からは、とても恋愛感情を寄せているようには見えないが、白鷺がそう言うならそうなのだろう。僕には全く興味のない話だから、それ以上は考えることをやめた。

「櫻井くん、もうちょっとクラスメイトと仲よくすれば？」

「別にいいよ。向こうも僕に興味ないだろうし」

「俺は興味あるけど」

僕の言葉に、坂本はすぐに反応を示してくる。

「転校生だったら、普通に興味湧かない？」

「いや、僕みたいな暗い奴なんて、誰も興味湧かないでしょ」

「明るいとか暗いとか、そんなの関係なくね？　世の中いろんな人がいるんだし、櫻井みたいな奴がいてもいいと思うぞ」

「そうそう！　よく言った坂本くん！」

ひとりで合いの手を入れるようにはしゃぐ白鷺を、僕は無視する。坂本みたいな奴は、初めてだった。それを言うならば、高見みたいに話しかけてくる奴も初めてだけれど。

白鷺の周りにいる人たちは、みんな少しずつ変わっているのかもしれない。そんなことを考えていると、坂本はまた僕に質問してきた。

「櫻井も、俺のこと変な奴だって思うだろ？」

「うん、まあ……」

「あんたは櫻井くんにだけじゃなくて、みんなにそう思われてるわよ」

「うるせーっつーの。まあようするに、世の中みんな変な奴なんだよ。だから櫻井に興味持っても、何もおかしくないわけ」

いまいち坂本の言っていることが腑に落ちなかったが、白鷺がさもわかったように大きく頷いていたため、僕は馬鹿らしくなって考えるのをやめた。

「それより櫻井くん、話って何？　朝礼始まるから、早く話して」

「あ、うん。双葉のことなんだけど……」

その名前を出した途端、高見の表情がわずかにこわばったのがわかった。

「……初音が、どうかしたの？」

「坂本から聞いたんだけど、今日保健室に来てるんだよ」

その話に一番興味を示したのは、予想通り白鷺だった。白鷺は呆けたように口を開けたあと、ふたりが見えないのをいいことに、僕の右腕をがっしりと掴んできて言った。

「初音ちゃん、学校来たの!?」

「初音、来たんだ……」

高見のその表情は、ほっとしているような、どこか浮かないような、そんな複雑な表情だった。その表情の意味が、僕にはわからなかった。

「それでさ、学校休んでて授業についていけないだろうから、僕たちで教えてあげられたらって思ったんだ」

そんな僕の言葉が予想外だったのか、高見と坂本は呆気にとられたような表情を浮かべる。僕だって、自分で驚いているのだから仕方がない。

けれどこれは多分双葉のためじゃなくて、白鷺のためにやっていることだ。だから僕のやろうとしていることが偽善のようにも思えて、心が複雑に揺れ動く。

「……櫻井くんって、そんなキャラだった？」

「ある人に頼まれたんだ」

「それって、カナちゃん先生？」

真面目な優等生キャラの高見まで、加波先生のことをあだ名で呼んでいることに、僕はわずかに驚く。

「加波先生じゃないよ」

「カナちゃんじゃないなら、ほかに誰がいるんだよ。双葉って、高見と白鷺ぐらいしか友達いなかったし」

坂本がそう言うと、隣にいた高見はすぐに表情を曇らせる。みんなにとって、白鷺の話は禁句のようなものなのだろう。

その表情の変化にいち早く気づいた坂本は、飄々とした態度を引っ込めて「悪りぃ……」と謝った。高見は「気にしないで」と言って微笑むが、やがてすぐに笑顔が沈んでいく。

当の白鷺は、そんなふたりのぎこちない態度に、能天気にも首をかしげていた。

「ごめん、誰に頼まれたかは言えない」

「櫻井の友達？」

「友達だよ」

そうすぐに即答したのは、未だ僕の腕を掴んでいる白鷺だった。臆面もなくそう言えるのは、きっと白鷺の心が澄んでいるからだ。

僕にとって、白鷺は友達なのだろうか。お互いの利害が一致しているから一緒に行動しているだけで、今までそんなことを一度も考えたことがなかった。そもそも何をもって友達と定義するのかわからない僕には、その答えがわかるはずもない。

散々迷った末に、僕は「知り合い、かな」と、曖昧な言葉で濁した。白鷺が頬を膨らませて抗議の態度を取ってくるのが、なぜかいつもより心に響いた。

少しの間俯いて考える仕草をしていた高見は、しばらくすると思い直したように顔を上げる。

「……私は別にいいわよ。昼休みでも放課後でも、初音が会ってくれるなら」

「俺はあんまり行けないかなぁ。放課後は部活あるし。そもそもあんまり双葉と話したことないしな」

今まで四人が共通の友人だと思っていた僕は、予想が外れたことに少しだけ驚いた。

「友達じゃないの？」

坂本は一度、高見に目配せをする。込み入った話をすれば、必ず白鷺の名前が出てしまうのだろう。それを仕方ないと諦めたのか、高見は悲しげに瞳を曇らせて、ただ黙って頷いた。

「……白鷺と話してるときに、いつもだいたいそばに双葉がいたんだよ。そのときに、数回話しただけ。てか、櫻井って白鷺のこと知ってる？　白鷺、結衣のこと」

「やめときなさいよ」

高見は腕を組んで、坂本の言葉を制した。それ以上は聞きたくないのか、彼女は辛そうに眉を寄せて視線をそらす。けれど坂本はひとつため息をついて言った。

「どのみち、いずれ知ることになるだろ」

「でも……」

おそらく高見は、事実を知ってしまった僕のことを案じてくれているのだと思う。転校した先で、生徒が自殺したなんて話は、誰も聞きたいはずがない。

だけど僕は、白鷺の事情を知ってしまっている。今もすぐそばで、幽霊として友達を見守っていることを知っている。

「自殺、したんでしょ」

それは彼女たちと関わっていれば、避けては通れない話題だ。だとするならば、ここではっきりさせておいたほうがいい。

それに、聞きたいこともあった。どうして白鷺が自殺してしまったのか。高見や坂本ならば、その理由をなんとなく察していたかもしれない。

白鷺は僕の腕をがっしりと掴んで、今までの能天気な彼女からは考えられない震えた声で「……やめて」と呟いた。それでも僕は、坂本にたずねた。

「……どうして、白鷺は、屋上から飛び降りたの？」

「それは――」

「やめて！」

突然高見が声を荒らげ、僕はびくりと肩を震わせる。怒っている、というよりは怯えているように、僕の目に映った。高見は俯いたまま、小さな体を震わせている。

「……もう、いいじゃない。終わったことなんだし」

終わったこと。その言葉が、僕は許せなかった。白鷺は、自分が死んだのを誰かのせいにしたくはないと言った。だけど今でも僕は、白鷺にそういう選択をさせた相手を許せないでいる。だって白鷺は今もなお、後悔しているのだから。

けれど、本人の意思を無視してまで、この場で聞くような話題ではなかったのも確かだ。僕は白鷺のことを考えているようで、何も考えられてなんていなかった。

僕はすぐに「ごめん……」と謝った。謝罪の言葉を口にすると、白鷺は僕の腕を離して「……みんなには、笑っててほしいの」と儚げに言った。

僕のやっていることは、白鷺が隠したいと思っている真実を暴く行為だ。たとえそれが原因で嫌われるとしても、やはり僕は彼女のことを知りたかった。

空白の間を埋めるように、朝礼開始のチャイムが校内に鳴り響く。高見はそのチャイムの音を聞いて、逃げるように言った。

「……朝礼、行かなきゃ」

僕らは頷いて、何も言葉を交わさずに、自分たちの教室へと戻っていった。


昼休み。今朝の出来事があったから、高見はなんとなく乗り気ではなかったのだろう。持ってきた弁当をひとりで食べていて、それが空になったあとも椅子から立つことはせずに、カバンの中から文庫本を取り出して読みふけっていた。

僕はひとりで教室を出て、校舎の一階にある保健室へと向かう。正直無理に向かう必要もないと思ったが、白鷺の喜んでいた顔が脳裏に浮かんできて、傷付けてしまったことで心が痛み、歩き出さずにはいられなかった。

僕は、保健室のスライドドアの窓から様子をうかがう。室内には制服を着た双葉と、加波先生が向かい合って椅子に座っていた。

今日は、来なくてもよかったのかもしれない。そんなことをふと考えたとき、突然僕の視界が温かい何かに覆われた。それにびくりとしたが、誰がこんなことをやったのか、すぐに理解する。

彼女はかなり声を低くして「だーれだ」と、からかってきた。

「白鷺でしょ」

「なんでわかったのー！」

触れられても心の声が聞こえてこない相手は、白鷺だけだ。怒っているのかと思ったけれど、いつも通りの能天気な白鷺で、僕はなんとなく安心する。

自分が悪いことをしたのはわかっているけれど、謝ることはできない。きっと、また僕は白鷺の過去を知ろうとするし、その謝罪が何の意味もないことを理解しているから。

だから白鷺には悪いけれど、僕は先ほどのことを謝ることができなかった。

「双葉、保健室の中にいるよ」

そう伝えると、白鷺は「どこどこ？」と言いながら、保健室の中を覗き見る。そして双葉を見つけると、とても嬉しそうにはにかんだ。

「隼斗くんのおかげだね」

「そんな大層なことはしてない」

「でも、隼斗くんの言葉で、初音ちゃんは行動を起こしたんだから。やっぱり隼斗くんのおかげだよ」

こればかりは、白鷺の言う通りなのかもしれない。双葉はおそらく、僕の言葉で止まっていた足を動かした。それが正しかったことなのかは、未だにわからないけれど。

「……無理してまで学校に通うことないって、僕は思うんだけど」

「そう？　でも学校は楽しいよ」

それから白鷺はおどけたように「学校の屋上で飛び降りた人が、そんなこと言っても信憑性ないと思うけど」と言って笑った。その冗談は、ひとつも笑えなかった。

「教室に行けないぐらい学校が辛いなら、逃げてもいいんじゃないかな」

「それなら、初音ちゃんが学校を楽しいって思えるように、隼斗くんが楽しませてほしいな」

そんなことを頼まれても、学校を楽しんでいない僕が、双葉のことを楽しませることなんてできるはずもない。

「それに今辞めちゃったら、過去を振り返っても、悲しい高校生活しか思い出すことができなくなるから。だから、少しでも楽しい思い出が増えてほしいの」

自分が双葉を傷付けてしまったから。白鷺は、その罪滅ぼしをしたいのだろう。

「もしかして、白鷺と双葉って喧嘩でもしたの？」

「どうして？」

僕は、双葉の心の声を思い出す。その声は、後悔の色に染まっていた。

「自分のせいで、白鷺が屋上から飛び降りたって言ってたから」

白鷺に聞いてはみたものの、僕は双葉の言葉を間に受けてはいなかった。あんなに気の弱い子が、友達を自殺まで追い込めるとは思えないし、そもそも恨みを買うようなことをしていたなら、白鷺はここまで献身的に双葉のことを支えようとはしないだろう。

むしろ、呪ってもおかしくはないはずだ。

白鷺は、からかうように僕に対して目を細める。

「もしかして、初音ちゃんの体にさわって、乙女の秘密を垣間見たの？　悪い人だなぁ隼斗くんは」

「不可抗力だって。それに、自分からさわるなんてことは、極力やりたくないんだよ」

「どうして？　私なら、ベタベタさわりたいなって思うけど」

「それは当事者じゃないから言えるんだよ。相手の本音を知ったら傷付くし、隠してることを盗み見てるみたいで、辛いんだ」

これればかりは経験してみないとわからない。経験したところで、この力をただ悪いことのためだけに使おうとする人もいるだろうけど。

白鷺はそれから、からかうようでもなく、馬鹿にするようでもなく、どこか感心した表情を浮かべたあとに言った。

「まあ、喧嘩はしてないよ。屋上から飛び降りたのも、初音ちゃんのせいじゃないし」

それが白鷺の本音かどうかはわからない。白鷺は自殺したことを、自分のせいだと考えているのだから。

「ていうか、そろそろ入ろうよ」

「今日はいいよ。会話の邪魔しちゃ悪いし」

「そう言って逃げてたら、次はもっと入りづらくなるよ?」

それはたしかに白鷺の言う通りで、思い切りよく行動しなければ、次はさらなる緊張が伴う。けれど加波先生が話している場所に、単身で飛び込むなんてことは僕にできない。

だから保健室から背を向けて踵《きびす》を返そうとすると、白鷺はおもむろにドアの縁へ手をかけ、やや強引にそれをスライドさせた。勢いよくスライドされたドアは、壁に当たることによってガシンという音が鳴る。

「あら、櫻井くんじゃない」

ドアの前に立っていた僕は、またもや白鷺のせいで加波先生に見つかってしまった。

「あの、その……」

軽く白鷺のことを睨みつけると、僕にしか見えないのをいいことに、クスクスとおもしろそうに笑い出す。中途半端に周りに触れることができるのが、かなり厄介だ。

戸惑っている僕を見た加波先生は、優しくこちらに手招きをしてくる。逃げ出すこともできずに、僕は保健室の中へと足を踏み入れ、仕方なく加波先生の隣の椅子に座った。白鷺は嬉しそうに双葉の隣に座るが、もちろんそれは僕にしかわからない。

「初音ちゃんは、櫻井くんのこと知ってるわよね？」

その問いに、双葉は小さく頷いてみせる。先ほど保健室を覗いていたときよりも、彼女の肩は緊張しているように見えた。

「あの、先生」

僕は遠慮がちに、加波先生に質問する。

「もしかして、迷惑でしたか？」

「そんなことないよ。初音ちゃんとお話ししてただけだし、今までにも、保健室に何人か来てくれたらしいから」

「そうですか……」

「でも、男の子が来てくれたのは初めてね」

からかうように加波先生が言うと、双葉は少し顔を赤くさせ俯《うつむ》いてしまう。僕はまだ双葉のことを何も知らないのだから、変な空気にしないでほしい。

「もしかして、櫻井くんって初音ちゃんのこと狙ってたり？」

「別に、そういうのじゃないです」

「気になる女の子とかいないの？」

「そういうの、よくわからないので」

「今の高校生は結構ドライなのかな。私が高校生の頃は、ちゃんと恋愛やってたんだよ。初音ちゃんは、好きな人とかいないの？」

話を振られた双葉は、顔を赤くさせたまま首を左右に振って、「い、いないです……」と呟いた。世の中の高校生が、みんな恋愛をしているとは限らない。

「加波先生は、結構モテてたんじゃないですか？」

「そう見える？」

「あくまで僕の想像ですけど。人に好かれそうな性格をしているので」

小蒔も、加波先生と同じく周りの人間に好かれる性格をしていた。いつも笑顔を浮かべていて、みんなに対して優しくて、困っている人を助けてくれる。そんな、優しい人。誰かの幸せは自分の幸せという言葉をそのまま体現したかのような人で、まるっきり僕とは正反対だ。

「私、背低くてちんちくりんだったからなぁ」

今もそうですよとは、とてもじゃないけど言えなかった。きっと加波先生は、高校生の頃に成長が止まってしまったのだろう。

「そういえば、入学したての頃は人と話すのが苦手だったよ」

「えっ、そうなんですか？」

「うんうん。初めての人と話すのは緊張しちゃうからね。でもいろいろあって、私はちょっとだけ変わったの」

加波先生にもそういう時期があったのかと、少し興味深かった。人と話すのが苦手だったなんて、今の先生からは到底想像ができないことだから。

それから先生は、昔を懐かしむように目を細めて僕たちに言った。

「初音ちゃんも櫻井くんも、人との縁は大切にしなきゃ駄目だよ。小さな出会いが、人生を大きく変えるかもしれないいんだから」

その言葉に双葉はこくりと頷いたが、そんな規模の大きな話は、未だ子供である高校生の僕にはわからないことだった。未来のことなんて、誰もわからないのだから。

加波先生は腕時計を見て時間を確認し、椅子から立ち上がった。

「それじゃあ、先生は仕事に戻ろうかな」

白鷺がいるとはいえ、双葉とふたりきりになるのはなかなかに気まずい。けれど、それを理由に仕事がある先生を引き止めることはできないし、そもそもふたりきりになるのを覚悟して僕はここに来たのだ。

加波先生を見送ったあと、すぐに双葉はこちらを見ておずおずと僕にたずねた。

「……どうして、結衣のことを知ってるんですか？」

そう双葉が疑問に思うのは当然だ。白鷺はもう死んでいて、転校してきた僕が知っているはずがない。だけど双葉と初めて会ったとき、僕は白鷺のことを知っていると話してしまった。

だから僕はこのときのために用意していた言い訳を、双葉に伝えることにした。

「……僕の友達が、白鷺の友達だったから」

そんな僕の変化に白鷺は気づいていたのか、こちらを不思議な目で見つめていた。

僕はごまかすように話を変える。

「あの、休んでるから勉強がわからなくなると思って。少しの間だけ、授業で習ったこと教えるよ」

僕はそう言って、持ってきたカバンから教科書やノートを取り出す。強引すぎて引かれるかもしれないが、仕方ない。こういうのは慣れていないし、本当なら高見が一緒に来てほしかった。

「先生から、頼まれたんですか……？　もしくはほかの誰かに……」

申し訳なさそうな表情を双葉は浮かべる。彼女が抱いている気持ちを、ずっとひとりでいた僕にはなんとなくわかるような気がした。

「ここに勉強を教えにきたのは、僕の意思だよ。誰にも頼まれてないし、気にしないで」

「……どうして、そんなに優しくしてくれるんですか？」

「双葉の気持ちが、わからないこともないからかな」

小蒔が僕の前からいなくなって、しばらく僕は、ずっと塞ぎ込んだままだった。それに交通事故で学校へ行けなくなったおかげで、授業になかなかついていくことができなくなった。授業についていけなくなってしまえば、学校にも行きたくなくなってしまう。

「とりあえず、気にしないで。本当に気が進まないことなら、はっきり断ると思うから。双葉も、嫌だったら断っていいよ」

見ず知らずの人から勉強を教えてあげると言われれば、僕なら警戒をしてしまう。けれど双葉は頷いてから「ありがとうございます」と、律儀に頭を下げてきた。僕はそれを見て、少しだけほっとした。

「何か苦手な科目とかある？」

「数学がちょっと苦手です」

僕はすぐに、数学の教科書とワークブックを開く。まず普通にワークブックの問題を解いてもらい、そのあとにわからなかったところを僕が解説するという方法を取った。

けれど勉強を始めてすぐにわかったのだが、双葉は僕の学力とそれほど差がなかった。双葉がわからない箇所は僕もつまずいてしまい、応用問題になればお互いに首をかしげてしまう。

　そもそも僕は勉強が得意というわけでもないため、自ら提案したことなのに恥ずかしくなってきた。そんな僕を見かねたのか、ずっと黙っていた白鷺は教科書に書かれている公式を指差して言った。

「その問題、まずはこっちの公式当てはめてみて」

「あっ」

「それからね～」

　白鷺の説明通りに進めると、詰まっていた箇所をスラスラと解くことができた。問題を解けたことに満足したのか、白鷺は得意げな表情で笑顔を浮かべている。

　まさか白鷺の頭がよかったなんて……と、僕は知らず知らずのうちに彼女を偏見の目で見ていたことを反省した。

　白鷺に言われたことをそのまま説明すると、双葉はすぐに解き方を理解してくれた。そして、僕に向けて尊敬にも似た眼差しを送ってくる。

「櫻井さん、頭いいんですね」

「いや、偶然かな……」

　僕はその問題を一ミリも解くことができなかったため、ただただ申し訳なさが残る。だけど僕が間に入ることで、白鷺と双葉が間接的に触れ合うことができるのは、なんとなく嬉しかった。

そんなふうにひとつひとつ問題を解いていると、双葉は急にシャーペンを動かす手を止めて、遠慮がちに僕に話しかけてきた。

「櫻井さんって、いじめられてるんですか？」

僕は、返答に迷う。直接的な被害は受けていないけれど、クラスメイトからよく思われていないのは確かだ。それに、それは僕のせいであり、誰が悪いわけでもない。双葉がどうしてそんなことを聞いてきたのかはわからないけれど、僕は素直に首を振った。

「そんなことは、ないと思うけど」

「でも、休み時間にクラスの生徒の何人かがここに来て、話してました。櫻井さんは、暗くて近寄りづらいって……」

「あぁ、そうなんだ……」

今までにそんな中傷が聞こえてきたことがあったから、それほど驚きはしなかった。それに、そういうことは言われ慣れている。

けれど、そんな悪意を黙って見過ごせない人物がここにはいた。白鷺が、まるで自分のことのように眉をしかめ、鼻息を荒くしていた。

「そういうこと、言ったら駄目なのに！」

もし白鷺が生きていたなら、今すぐ教室へと乗り込んで、誰が言ったのかを追及しかねない剣幕だった。けれど、彼女はもう死んでいる。その言葉は僕以外の誰にも届くことはない。

「気にしないで。暗いのは事実だから。むしろ僕が勉強教えてることを知られたら、双葉までそういうこと言われるかもしれないけど……」

「……私は、全然気にしないので大丈夫です」

視線は合わせてくれなかったけれど、双葉はそう言ってくれた。それでも、せっかく学校に来られるようになったのだから、いじめが原因で再び不登校になることだけは、避けなければいけないと思う。

それからもしばらく勉強を続けていると、校内にチャイムの音が鳴り響いた。もうそんな時間になったのかと慌てて立ち上がると、双葉は何気なく僕にたずねてくる。

「放課後も、来てもらえるんですか？」

「そのつもりだったけど。迷惑じゃない？」

そう聞き返すと、「そんなことないです」と言って双葉は首を振る。僕は「それじゃあ、放課後も来るよ」と返し、保健室を出た。

すると、すぐに白鷺は僕へと話しかけてくる。

「どうして、嘘をつかなかったの？」

「何の話？」

授業に遅れてしまうため、早歩きのまま白鷺に質問を返す。

「先生に頼まれたとか、先生に教えてもらったって言ったほうが、詮索されなくてすむから」

おそらく僕の友達が、白鷺の友達だと説明したときのことを言っているのだろう。

「隼斗くんってさ、嘘つかないよね」

僕の顔を覗き込むように、白鷺はこちらを見てくる。まるで、真実を見透かそうとするように。

僕は一度、廊下の真ん中で立ち止まった。

「そういう白鷺は、嘘をついてるの？」

「うん。まあ、いくつかは」

「正直なんだね」

「いつかは本当のことを話そうと思ってるから」

白鷺の言う本当のことというのが何かはわからないけれど、嘘をつかれたら誰だって傷付く。そういう経験が、僕には少しだけ多かっただけの話だ。

それに……真実を伏せて都合の悪いことを話さないのは、嘘をついていることと同じだ。嘘をつけば誰かが僕の心を見透かしているように錯覚して、激しい罪悪感にとられてしまう。だから、嘘はなるべくつきたくなかった。

「自分がされて嫌だったことは、極力人にしたくないんだよ」

そんな当たり前のことを言うと、白鷺は感心したような表情を浮かべたあとに、安心したような笑みを浮かべた。

「やっぱり、小蒔ちゃんから言われてた通りの優しい人だね」

「……それは、嘘なの？」

「ううん。隼斗くんに倣って、私も嘘つかないようにするって決めたから。だから、嘘じゃないよ」

白鷺はそう言うけれど、僕はやっぱり、その言葉を信用することはできない。そんな僕の心情を、白鷺は察したのだろう。

「私の心が、ほんのちょっとだけ、あなたに見えればいいんだけどね」

そんなことが可能になるなら、そのときの僕はきっと、白鷺と同じく死んでしまっているか死の淵を彷徨っている。きっと生きているうちは、白鷺の本心は一度たりとも聞くことはできない。

「多分僕は、白鷺の役に立てないと思うよ」

「どうして？」

「僕の力をあてにしてたんだと思うけど、双葉の心は覗きたくないから」

双葉のことを助けてほしいから、白鷺は心の声を聞くことのできる僕を頼ったのだろう。だとするならば、期待するだけ損をさせてしまう。

けれど白鷺は落ち込むこともなく、あっけらかんと言った。

「それでも、隼斗くんは初音ちゃんのことを気遣ってくれてるじゃん。それに、力があるからとか、隼斗くんしかいなかったからじゃなくて、私はほかでもない隼斗くんを選んだんだよ。一番大切な親友を、信頼できない人に任せたりはできないから」

「僕たち、初対面だったけど」

「出会ったときから、君が優しい人だってわかってたから」

白鷺はやっぱり、僕のことを過大評価しすぎている。ただ膨らんでいく僕への期待が、いつか白鷺の中でしぼんでいくんじゃないかと思うと、不安だ。期待外れだったと言われるのが、一番辛い。

「あんまり、期待しないで」

「何もできない私の代わりに、ここまでやってくれたんだもん。期待はしてるけど、何があっても責めたりしないから安心して。むしろ、感謝してるから」

「とか言っても、ちゃんとやらなきゃ小蒔のことを教えてくれないだろ」

「それも気にしないで。今は話せないけど、いずれ時が来れば絶対に話さなきゃいけなくなるから」

「それじゃあ、そのときが来るまで僕は何もせずに過ごすよ」

「そうは言うけど、私のこととか関係なく、隼斗くんは初音ちゃんのことが気になってきたんじゃない？」

そう言われて、僕は何も言い返すことができなかった。白鷺のこととは関係なく、僕は双葉のことが気になり始めているとうっすら感じてはいたが、その理由まではわからなかった。

今まで、誰にも近付かないことを心がけていたというのに。もしかすると、僕は双葉に情を抱いているのかもしれない。

「それじゃあ、私はここで」

「いつも思うんだけど、白鷺って普段何してるの？」

「特に何もしてないよ。普通にそこら辺ぶらぶらしてるだけ」

僕はふと、ひとりで校内や街の中を歩いている白鷺を想像してしまった。誰にも認識されることなく、ただひとりで歩いているその姿は、僕の目に寂しげに映る。

「……その、亡くなってから両親のところに帰ったりはした？」

聞くべきことではないと思ったが、聞かずにはいられなかった。とても不謹慎なことだと思ったが、亡くなった人がまずどこに行くのか、僕は知りたかった。

僕の質問に白鷺は、ひとつも悲しげな雰囲気を漂わせることなく、あっけらかんと笑みさえ浮かべながら話した。

「お父さんは幼い頃に交通事故、お母さんは小学生の頃に病気で亡くなってるよ。私、親戚の人の家で暮らしてたの」

「……嘘でしょ？」

「嘘じゃないって。嘘つかないって約束したじゃん」

知らなかったというのは、言い訳になんてならない。僕は不謹慎であることを自覚して、白鷺に問いを投げかけたのだから。

「……ごめん」

「そんな深刻な顔しないで。私、気にしてないし。むしろこんなこと話したら隼斗くん怒ると思ってたから、ちょっとびっくりしてるぐらい」

こんなことで、怒れるわけがない。白鷺は二度も身近な人の死を経験して、つい最近まで必死に生きてきたのだから。どこかで心が折れてしまっても、おかしくはないはずなのに。今まで何も知らずに僕が吐いてきた言葉は、もしかすると白鷺にはただの綺麗事のように聞こえていたのかもしれない。いや、僕が吐いてきた言葉は、ただの綺麗事に過ぎない。

そして、白鷺は気にしないでと言っているのに、ひとりで深刻な気分に陥っている自分が、とても恥ずかしく思えた。勝手に白鷺に同情して……そんなことを思ったたって、何かが変わることなんてないというのに。

「隼斗くん」

急に名前を呼んできたかと思えば、こちらに一歩近付いて僕の両手を優しく握ってきた。その白鷺の瞳は、少しも悲しい色に満ちてはいない。

「私は本当に気にしてないし、もう両親の死はとっくの昔に乗り越えてるから」

「……じゃあどうして、そんなことを僕に話したの？」

「私のことを知ってほしかったからかな。実はこれ話したの、隼斗くんが初めてなんだよね。私も隼斗くんと同じで、小学生のときにこっちに転校してきたから、ここにいる人はみんな私の過去を知らないの。だからひとりだけでも、本当の私を知ってほしかったのかも」

そう言って白鷺は、ぎこちない笑みを見せる。その手を繋いでいても、僕は白鷺の考えていることを知ることができない。嘘をついているかもしれないと、きっといつもの僕なら疑っている。けれどなぜか、今は嘘をついていないんじゃないかと、僕はそんなふうに思えた。

もしかすると、僕は白鷺のことを信頼し始めているのかもしれない。

白鷺が僕の手を離すと、校舎に設置されているスピーカーから本鈴のチャイムが鳴り始める。そろそろ教室へ向かわなければ、最悪だと遅刻にカウントされてしまう。

けれどあとひとつだけ聞きたいことがあった僕は、最後に白鷺にたずねた。

「お父さんとお母さん、亡くなったあとに会えた？」

そんな僕の質問に、白鷺は首を振る。

「ううん。会ってないよ」

「それじゃあもう、成仏してるのかな……」

「そうは言い切れないと思うよ。見えない幽霊とか、見える幽霊とかいると思うし」

「どういうこと？」

「隼斗くん、今までに幽霊とか見たことある？」

質問を質問で返された僕は首を振る。今までに僕は、白鷺以外の幽霊を見たことがなかった。

「魂の周波数みたいなのがあるのかもね。私と隼斗くんは、偶然周波数が合ってたから、こうやって会うことができたのかも」

「周波数？」

「うん。隼斗くんに見えなくて、私にだけ見えてる幽霊もいるし。ほら、そこにも」

そう言うと、白鷺は僕の背後を指差す。けれどそこには誰もいなくて、ただ無機質な廊下が続いているだけだった。僕はなんだか背筋が寒くなって、体を小さく震わせる。

「そんな怖いこと言わないで」

白鷺は怖がる僕を見て、冗談めかして笑った。白鷺みたいなのが何人も僕の周りにいると思うと、別の意味で少しぞっとする。

「あーあ、やり残したこと、また思い出しちゃった」

「そういうの、いくつあってもおかしくないと思うけど。ちなみに、何をやり残したの？」

僕に叶えられる願いなら、その手伝いをしてもいいんじゃないかと思えた。そうすることで、白鷺という人間を知ることができるかもしれない。自殺をした本当の理由に、一歩近付けるかもしれない。

けれどその白鷺の後悔は、叶えてあげることができそうになかった。

「看護師になりたかったんだよね。病気でお母さんを亡くしちゃったから、そういう人を助けられたらなって思ったの。看護大学の資料とか、結構集めてたんだけどなぁ。結局、お世話になる側に回っちゃった」

「笑えないから。そんな冗談ぽく言わないでよ」

「ごめんごめん。でもね、隼斗くんのおかげで、考え方を変えることができたんだよ。もし生まれ変わることができたら、今度こそは誰かを助けようって」

昨日屋上で話したことを、白鷺は覚えてくれていたらしい。今になって、臭いことを言ってしまったと自覚して、叫び出したくなった。

それから白鷺と別れて教室へ戻ると、もうすでに授業は始まっていた。転校生だから、教室がわからなくなって迷っていたと先生は勘違いしてくれたみたいだが、そのあとの休み時間で高見に叱られた。曰く、十分前に行動すれば、迷っても誰かに聞けばいいと。何も言い返せないため、僕は素直に謝罪した。

その日の放課後も、僕は保健室へ向かい双葉に勉強を教えた。けれど高見は来なかったし、双葉の母親が三十分ほどで迎えに来たため、それほど長い時間勉強はできなかった。

次の日も昼休みと放課後に保健室へ顔を出したが、高見が来ることはない。そのまた翌日は休日だったため、そもそも会うことができなかった。

第三章　隠された過去

そんなふうに何もできない日々が二日ばかり続いた、翌週の月曜日。その日は雨が降っていて、わずかに残った桜を全て散らせてしまった。三限目の体育は室内競技に変更され、グラウンドでソフトボールをやりたがっていた生徒たちは、やまない雨に更衣室で愚痴を吐いている。僕はジャージに着替え終わると、その会話に混ざることなく足早に体育館へと向かった。

今日はバドミントンをやるらしく、各々でペアを組むように体育の担当教員から指示を受ける。僕は初めからあぶれるだろうと予想して、クラスメイトの輪から外れた。わかりやすい位置にいれば、あとで余っている生徒と組ませられるだろうから。

けれど、そんな予測は大きく外れ、輪から外れた僕の肩を誰かが叩いてきた。後ろを振り返ると、そこには坂本がいた。

「組む奴いないなら、俺とやろうぜ」

「……いや、ほかの友達とやりなよ。別に気を使わなくていいよ」

「今日は櫻井とやりたい気分なんだよ」

そんな意味のわからない理由を吐いた坂本は、綺麗に並んだ歯を見せて笑った。どうしてこのクラスには、いちいち僕に気を使ってくる人がいるのだろう。前の学校では、そんな人はいなかったというのに。

けれど白鷺に協力すると決めたからには、高見や双葉だけでなく、坂本とも話をしなきゃいけない。だから無下にすることもできず、僕は頷いた。

するとは坂本は「よっしゃ！」と言って嬉しそうな表情を見せるが、そのあとにやってきた別のクラスメイトから「坂もっちゃん一緒にやらね？」と誘われていた。先ほど更衣室で愚痴を吐いていた奴だ。

けれど坂本は急に僕の肩に手を置いてから、言った。

「悪いな、俺、櫻井とやるから」

「ええ、櫻井？」

気の強そうな彼は、僕と坂本とを交互に見る。まるでライオンに睨まれたかのように錯覚して、思わず肩を萎縮させた。

そして彼は、面白くなさそうに坂本へ質問する。

「そいつ、バド上手いん？」

「櫻井はバド上手い？」

「いや、普通に下手だけど」

「それじゃあ俺が教えてやるから、ちょうどいいな」

別に教えてもらわなくてもいいが、断ることもできなかった。坂本を誘ってきた彼は、わずかに顔をしかめた後「坂本がそう言うなら、しゃねーな」と言って、別の人を探し始める。

彼にとっての僕の印象は、かなり下がってしまったのだろう。そんなことは一ミリも気にしないけれど。

「本当に僕でいいの？　運動すごく苦手だけど」

「体育なんて、お遊びみたいなもんだからな。上手い下手なんて関係ねーよ」

それから坂本は声の大きさを落として、僕を誘った本当の理由を話した。

「それと、女子が別の体育館でバレーやってる今しか、櫻井とふたりで話せないしな。教室とかだと、高見が話に入ってくるかもしれないし」

「何か、話したいことでもあるの？」

「白鷺の話」

彼女の名前を聞いて、僕は慌てて周りを見渡す。幸いなことに、白鷺はここにはいない。大方、双葉のところにいるのだろう。

「櫻井も知っとくべきだと思うんだ。白鷺のことと、俺たちのやったことを」

そう話す坂本は、いつもより苦い表情を浮かべていた。今でも、後悔をしているような、そんな表情。

「……俺たちのやったこと？」

「白鷺が自殺する前な、あいつ、いじめられてたんだよ」

やっぱりというか、何というか。そんな予感は、心のどこかで渦巻いていた。だからそれほど驚かなかったが、その代わりどうしようもできないことに憤りを抱く。

どうして白鷺は死ななきゃいけなかったのか。けれど、それでも白鷺は加害者じゃなくて、自殺をした自分が悪いと言い張るのだろう。

「白鷺が自殺した理由は、結局わからずじまいだけどな。いじめられてたけど、そんな衝動的なことをするような奴じゃなかったし」

「坂本は、俺たちのやったことって言ってたよね。それじゃあ、お前も……」

「俺は、そんなことしねーよ。でも、やめさせることができなかったんだ。見てることしか、できなかった」

普段は飄々《ひょうひょう》としている坂本が、今だけは後悔しているような苦しげな表情を浮かべている。

もっと詳しいことを聞きたかったが、ペア分けが終了して、授業が再開されてしまう。僕たちは先生の指示に従い、シャトルを使って基礎的な練習をおこなった。

どうやら坂本はバドミントンが得意らしく、僕が的外れな方向へ打っても、それをうまく拾ってこちらの届く範囲へ打ち返してくれた。きっと、バドミントン部か、そうでなければテニス部に所属しているのだろう。

それから基礎練が終わって試合形式の練習に入ったが、ダブルスで僕がミスをしまくったせいですぐに負けてしまった。そのせいで坂本を苛立たせてしまったと思ったが、試合が終わったあとに僕の肩を叩いて「お疲れさん」と言い、いつもの笑顔を見せてきた。

次の試合までしばらく時間があるため、僕らは体育館の隅で見学と称して再び話を始める。

「なんでいじめられてたの？」

時間もないから直球でたずねると、坂本は素直に教えてくれた。

「あいつ頭よくてさ、学校の成績もほとんどトップだったんだよ」

今その話を聞いても、さして驚きはしない。白鷺は看護師になりたかったと言っていたし、その夢を叶えるために相応の努力をしていたのだろう。

坂本は、続けた。

「教師からの評判もよくて、結構期待されてたんだ。偏差値の高い大学へ行けば、高校としても箔がつくからな。でもそんなあいつに、嫉妬してた奴らもいるんだよ」

「嫉妬？」

「出る杭は打たれるって言うだろ？　一年の後期あたりから、白鷺に対する悪評が広まり始めてたんだ。あいつは教師に媚を売って、調子に乗ってるって」

その事実を知った瞬間、僕の心の内側を何か不快なものが漂い始めた。短い間だけれど白鷺と一緒に過ごして、そんな打算的に行動できる人間じゃないということは理解していた。白鷺はきっと、誰に対しても素直な自分を見せる奴だから。

「あいつ、みんなに優しく接してたから、多分八方美人だって思われてたんだよ。単なる醜い嫉妬だな」

吐き捨てるように言った坂本は、指先でラケットのガットを弄《いじ》っている。溢れ出る気持ちを、必死に抑えつけているように僕の目には映った。

「多分いろいろと、タイミングとかが悪かったんだよ。みんながみんな、白鷺のことを悪く言ってたわけじゃないし、もちろん俺とか高見や双葉は、ずっとあいつのそばにいた。今でも、自殺するほどじゃなかっただろって思うけど、白鷺にとっては辛かったのかもな」

本当に自殺をする人は、ある日突然何も言わずに実行するという。白鷺も、きっとそうだったのだろう。周りを見渡せば、助けてくれる仲間がいたはずなのに。僕のように、ひとりじゃなかったはずなのに、それでも白鷺は屋上から飛び降りた。

人の感じる痛みなんて、結局は当人にしかわからないのだ。相手の心を読むことなんて、できるはずがないのだから。

だからもしかすると、白鷺はいじめが原因で自殺をしたわけじゃないのかもしれない。そんなことを思っても、白鷺の心を読むことのできない僕には、確かめる術がない。

坂本はなおもガットを弄り続ける。ちらとその横顔を盗み見ると、何かの感情を押し殺すように、口元を引き結んでいた。

さりげなく今の坂本に触れれば、その感情の正体を知ることができる。けれど僕は、そんな自分勝手なことをせずに質問を投げかけていた。

「白鷺のこと、好きだったの？」

虚をつかれたように目を見開くその仕草が、何よりの答えだった。心を覗かなくても、坂本の内側からは、大切な人を救えなかったことのやるせなさが、溢れて伝わってくる。それをごまかすように、坂本は苦笑した。

「俺って、そんなわかりやすい？」

「いや、どうだろ」

「他人に興味ないふりしといて、結構相手のこと観察してるんだな」

「そんなこと、してないよ」

坂本や高見や双葉と関わるのは、白鷺の思いを叶えるためなのだから。それが全て終われば、僕は今まで通りの僕に戻る。

それから坂本は、ガットを弄るのをやめた。僕に話してすっきりしたのか、その顔は先ほどよりも晴れ晴れとしている気がする。

「俺も、双葉に会わなきゃだよな」

「別に忙しいなら無理に会わなくてもいいと思うけど」

「昼休みなら普通に行けるんだよ。俺も、多分高見も。けど先週は、櫻井に任せちまってた。白鷺と仲のよかった、俺たちがやるべきことなのに」

「どういうこと？」

「白鷺と仲のよかった双葉に会うのが、俺も高見も怖かったんだよ。双葉が笑ってたほうが、天国にいる白鷺も笑顔になる。だからきっと、今のお前を白鷺が見てたら、すごい感謝してると思うよ」

　先週、白鷺は僕に感謝していると言っていた。あれはもう嘘をつかないと宣言したあとの会話だったから、おそらく本当のことなのだろう。疑い出せば、きりがなくなってしまう。

　それに、僕は小蒔のことを教えてもらうことを条件に、白鷺に協力しているのだ。何もかも信用せずに疑ってしまえば、最初の目的さえ曖昧なものになる。

「大切な人が……ましてや好きだった人が突然いなくなったのに、どうして坂本はそんなに普通でいられるの？　双葉みたいに、引きこもってもおかしくないと思うんだけど」

　僕みたいに、心を閉ざしてもおかしくはない。けれど坂本は、白鷺に関することから逃げようとはしているが、同時に向き合おうともしている。そんな強さの理由が、僕にはわからなかった。

「もちろん悲しかったし、俺もしばらくは部活とか休んで何もできなかったよ。それでもふとしたときに、過去ばかりを見つめるんじゃなくて、今を大切に生きるべきだって思えるようになったんだ。綺麗事みたいで、勝手な妄想かもしれないけど、白鷺もそう望んでくれてるような気がするし」

僕はその真実を知っているのに、あえて曲がったことを坂本にたずねる。こういうのを、性格が悪いというのかもしれない。

「もし白鷺がみんなのことを恨んでたら、どうするの？」

そんな僕の問いに、坂本はすぐに答えを返した。

「あいつは、周りの人間を何よりも大切にする奴だった。ほかの誰かがあいつのことを貶《けな》したとしても、あいつが誰かのことを恨んでたとしても、俺だけは最後まで白鷺が優しい人間だったって思い続ける。誰かひとりでもそう思う奴がいれば、白鷺は悪い人間にはならないから」

まるで坂本は、人はひとりでは生きていけないと説いているように聞こえて、僕は酷い疎外感を覚える。ずっとひとりで生きていこうと決めていた僕にとって、坂本はとても眩しい人間だ。

僕が何も言えずに黙りこくっていると、坂本は照れ臭そうに頬をかいた。

「って、今めっちゃ俺恥ずかしいこと言ってんな。この話、誰にも言わないでくれよ」

そんな彼に、僕はつい無意識のうちに「……うん」と言って頷いていた。お節介にもほどがあると思うが、白鷺に今の言葉を伝えたかった。けれど、それを僕はすぐにやめようと思った。

今の会話は、おそらく白鷺には一番知られたくない内容だ。わざわざ教える必要なんて、ない。坂本がそう思ってくれているなら、白鷺は優しい人間でいられるのだから。

「あーあ、こんなに悩むんだったら、恥ずかしくても告白しとくべきだったな」

「坂本は、考えるよりも先に行動に移すタイプだと思ってたんだけど」

「そんなふうに、感情的に行動できたらよかったんだけどな。失敗するのは、誰だって怖いんだよ。今までの関係じゃいられなくなる」

「案外と弱気なんだね」

「そりゃあ、弱気にもなるよ。最初から、俺と白鷺は釣り合ってなかったんだから。あいつは天才で、俺は馬鹿だった」

白鷺の言った通り、家族関係のことは僕以外の誰にも話してはいないのだろう。知っていたとしたら、白鷺は天才なんかじゃなくて、努力で結果を勝ち取ったとわかるはずだから。

けれど、それを知らなかったとしても、僕は坂本の言葉を素直に受け取ることはできなかった。

「釣り合ってないなんて、坂本が決めることじゃないし、その言い方はどうかと思うよ。釣り合いの取れた恋愛をしたいって坂本が思ってるなら、それは相手のことを侮辱してるんじゃないかな」

そう言ってから、僕はハッとなる。こんなふうに誰かに反発することなんて、今まで一度もなかった。自分の意見を殺せば、面倒くさい言い争いはなくなるから。それを僕は、信条のように掲げて生きてきたのに。

これも、白鷺に影響されたのだろうか。僕は坂本が怒ると思い、反射的に身をすくめる。けれど彼は、僕の肩に優しく腕を回してきただけだった。

「悪い。ほんと、櫻井の言う通りだ。ありのままの自分を見せてれば、それだけでよかったんだよな」

『本当に好きなら、告白しとけばよかった……あいつに釣り合うために勉強も頑張ったのに、それも全部、無駄になっちまったな……』

坂本の腕が僕の首元に触れたことにより、心の声が脳内に響いてくる。笑顔を見せて、口では納得したようなことを呟いていても、心は泣いていた。

きっと、人を亡くした悲しみなんて、一生癒えることはない。坂本は、僕の肩から腕を離した。

「どうして、白鷺のことを好きになったの？」

そんな僕らしくない言葉を、今日の僕は何度も口にしている。人の恋愛ごとなんて、全く興味がなかったというのに。

今度はしばらく考えるそぶりを見せたあとに、その理由を説明してくれた。

「あいつは、自分の時間を誰かのために使うことに、全く抵抗がない奴なんだ。頼みごとをされてもほとんど断らないし、くだらない話でも笑顔で一緒に盛り上がってくれる。そんな、誰かのために生きられるところが、なんかいいなって思ったんだ。でも、全部自分ひとりで抱え込んじまうところもあるから、支えてあげたいなって思って」

坂本はそう言うが、今はどちらかというと、僕が白鷺にいいように使われているような気がする。けれど、死んだあとの最後のわがままだと思えば、それほど嫌だとは思わなくなってきた。

「その人はきっと、素敵な人だったんだね」

「あぁ」

僕は、今もなお目の前で続いているバドミントンの試合を見ながら、ふと考える。外側を見ているだけじゃ気づけなかったが、内面を知った今なら理解できる。白鷺や坂本は、僕とは違ってずっと大人だ。

誰かのために生きることのできる白鷺と、大切な人がいなくなっても必死に前を向こうとする坂本。ふたりとも、僕にないものを持っている。僕はといえば、いつもずっとひとりで生きてきて、ただ過去を見つめ続けたまま、何も変わろうとはしていない。

自分があまりにもチンケな存在のように思えてきて、醜い劣等感を覚える。そんな僕でも、変わることはできるのだろうか。再び小蒔が僕の目の前に現れてくれたときに、胸を張れるような大人になっているのだろうか。

そもそも、どうすれば僕が変わることができるのか、わからなかった。

ただ時間だけが過ぎていき、体育の時間が終わってやがて昼休みがやってくる。今日もひとりで昼食を食べて、日課のように保健室へと向かおうとする。けれど立ち上がって廊下へ歩き出す僕に、駆け寄ってくる人物がいた。

「待てって、櫻井」

後ろを振り返ると、そこには慌ててこちらにやってくる坂本がいた。首をかしげると、坂本は当然のように言った。

「俺も行くって言ったじゃん。おいてくなよ」

「……行くの？」

「そう言っただろ」

それから坂本は、教室の窓側の席の方へ視線を投げる。そこには、食べ終わった弁当箱を三角巾で包む高見の姿があった。高見は僕たちに気づくと、一瞬だけ視線を伏せたあとに、弁当箱をカバンへ戻してこちらへと駆け寄ってくる。

「……今日は用事ないし、大丈夫」

「嘘つけ。いつも用事ないだろ」

「うっさい」

それだけ言った高見は、勢いよく坂本の右足を踏みつけた。痛みを隠すことができなかったのか、やや涙目になりながら坂本は睨み返す。けれど高見はそっぽを向くことでそれをいなした。

僕はそんなふたりのやりとりを見て、思わず小さな笑みをこぼす。ふたりがまじまじとこちらを見てきて、すぐに笑顔は引っ込んで真顔になった。

「……何？」

「櫻井、今笑った？」

「笑ってない」

「櫻井くんでも、笑うことあるんだ」

「人をなんだと思ってるの」

僕の言葉が高見のツボに入ったのか、お腹を抱えて笑い出す。馬鹿にされたはずなのに、僕はそれほど不快には思わなかった。


四人で保健室へ向かうと、中にはいつものように加波先生と双葉がいた。

僕たちに気づいた加波先生は、少し驚いた様子を見せ、双葉は反対に気まずそうに視線を伏せる。突然ふたりも連れてきたのは、双葉にとってやはり重荷だったかもしれない。僕だけならまだしも、三人は白鷺との思い出を共有しているのだから。

隣を見ると、高見は双葉と目を合わせたりせずに、保健室のリノリウムの床に視線を落としている。坂本は「よっ、久しぶり双葉」と、右手を上げて挨拶した。重苦しい空気でもそれに呑まれたりしないのは、彼のいいところだ。

双葉は控えめに会釈をしたあとに、蚊の鳴くような声で「……こんにちは」と呟いた。

「そんな緊張しなくてもいいって。ただ遊びに来ただけだし」

「遊びに来たんじゃなくて、勉強を教えに来たのよ」

坂本の言葉が引っかかったのか、高見はいつものように彼に反論してみせる。よく見慣れた光景だったのだろう。双葉はそんなふたりを見て、微笑ましかったのか少しだけ表情を緩めた。

僕はふと、白鷺の言っていたことを思い出す。高見は、坂本に好意を抱いている。興味なんてなかったから聞き流していたが、確かそんなようなことを言っていた。こういうのを、三角関係というのだろう。

高見は坂本のことが好きで、坂本は白鷺に好意を抱いている。けれど今は三角なんかじゃなくて、実ることのない一方的な恋。白鷺が今もここにいたら、何かが変わっていたのだろうか。

双葉の対面に座っていた加波先生は、思いついたように大きく手を叩く。

「修学旅行、ここにいる四人で自由時間回ってみない？」

四人という言葉に引っ掛かりを覚えた僕は、すぐに先生に質問した。

「先生も双葉たちと回るんですか？」

「何言ってるのよ、私じゃなくて櫻井くんに決まってるじゃない」

「いや、僕は行きませんって。お金もかかりますし……」

「親御さんに金曜日に連絡してみたら、資金面は気にしなくてもいいって言ってたわよ」

わざわざ家に電話を入れていたことを、母さんは僕に教えてはくれなかった。僕に言えば、行かないと二言目に返すとわかっていたからだろう。

それから先生は、お願いするように僕に言った。

「でもね、最終的な判断は櫻井くんに任せるって。櫻井くん、この四人で一緒に回ってみたら?」

僕はさりげなく、ここにいる三人に視線を向ける。双葉に高見に坂本。みんな白鷺の友達で、大切な人たちだった。白鷺のことを知るには、この三人との関わりを深めなければいけない。

だけど頭の中に一番初めに浮かんできたのは、僕の妹である麻帆の姿だった。大学へ進学するまでは、なるべく家を空けないようにすると決めている。だから無理に参加しなくていいことには、なるべく参加したくはない。

その決意は深く胸のうちに刻まれていた。

「すみません。やっぱり、行けないです」

そんな僕の心情を少しは汲み取ってくれたのか、加波先生はわずかに残念そうな表情を浮かべたあと、気を取り直すように微笑んだ。

「突然だったし、仕方ないわよね。でも、気が変わったらいつでも先生に言ってね」

「わかりました」

僕は扱いづらい生徒だと思われたのだろうか。いっそのことそんなレッテルを貼られるほうが、構われることもなく楽なのかもしれない。

「櫻井は行けないけど、俺はこの三人で回ることに賛成だぞ。いや、双葉が了承してくれたらだけど」

　そう坂本に振られた双葉は、しばらく俯いたあとにコクリと頷いてみせる。それを見た坂本は、安心したように口元を緩めていた。

「んじゃ、決まりだな。俺と高見と双葉で、修学旅行は一緒に回ろう。櫻井も、話し合いのときぐらいはこっちに参加しろよ？」

　話し合いというのは、明日の六限目のことを言っているのだろう。確か朝礼のときに加波先生が、明日は修学旅行で一緒に回るグループを決めて、どこを散策するかその時間に話し合うと言っていたのを思い出す。

「別に、それぐらいならいいけど」

「よっしゃ、じゃあそういうことで」

　そう言って、坂本は嬉しそうな表情を見せた。

　それから今まで黙っていた高見が、双葉を見つめておずおずと口を開く。

「初音は、明日って教室に来れる？　話し合いのときだけでいいんだけど……」

　僕らは一様に口をつぐみ、双葉の挙動を見守った。

　しばらくの沈黙のあと、双葉は小さくだけど首を縦に振る。それにより、張り詰めていた空気が途端に緩んだ気がした。

「初音ちゃんが教室に来てくれて、先生すごく嬉しいわ。いい友達を持ったわね」

加波先生は、まるで自分のことのように喜んで、双葉の手を優しく握った。僕がそれを見守っていると、不意に双葉がこちらへちらと視線を向けて、ぎこちなく微笑んでくる。

僕が首をかしげてみせると、双葉は慌てたように視線を外した。結局双葉のその表情の意味は、僕にはわからなかった。

修学旅行の話が終わると、高見はすぐに、持ってきたカバンの中から教科書とノートを取り出して机の上に広げた。ノートには、今日の古典の授業で習った内容が丁寧に板書されていて、それを眺めるだけで勉強したことを全て復習できそうだった。

「高見って、めっちゃ几帳面だよな。それ、あとで俺にも貸してくれよ」

「貸すわけないじゃない。これ、初音のためにつくったノートなんだから」

表紙に数学と書かれたノートを借りて開いてみると、古典のノートと同じようにわかりやすく授業の内容がまとめられていた。

「……こんなノートがあるなら、僕と一緒に先週から手伝ってほしかったよ」

「それは、ごめん……いろいろと考え事してたから」

考え事というのは、白鷺のことだろう。それならば仕方ないし、責めるようなことでもない。

双葉は申し訳なさそうに、口を開いた。

「ごめんね、葵ちゃん。迷惑かけちゃって……」

「初音は気にしないで。教室に戻ってくるのも、焦らなくていいからね」

そう言って、高見は双葉の手を優しく握る。きっと数か月前までは、白鷺がその手を握っていたのだろう。けれど今ここに、白鷺はいない。

「昼休みも短いし、早めに進めちゃおっか。今日は放課後、ちょっと用事あるから」

高見の言葉に頷いた双葉は、それからふたりで古典の勉強を始める。間に入る必要もないほど高見の教え方はわかりやすいため、僕と坂本は椅子に座って見ているだけでよかった。

しばらくすると昼休み終了のチャイムが鳴り、僕らは双葉を残して保健室を出る。

勉強会を終えた高見の表情は、なぜかいつもより沈んでいた。


放課後、いつも通り保健室へ向かおうとすると、教室を出たところで今度は高見に呼び止められた。別に一緒に行かなくてもと思いながら、僕は振り返る。

「ちょっと今から、パフェ食べに行かない?」

「えっ?」

「だから、甘いもの食べに行くの」

高見の言っていることがしばらく飲み込めなかった僕は、思わず首をかしげてしまう。

「パフェって、双葉の勉強会はどうするの」

「今日、放課後は病院行くって言ってた」

「あぁ、そうなんだ」

それなら、放課後の予定は何もない。どうして僕を誘うんだろうと一瞬思ったが、きっと話したいことがあるのだろう。僕は、特に深くも考えずに頷いていた。

「葵ってば、デートの相談？」

僕らが一緒にいることを不思議に思ったのか、クラスメイトの女の子が高見をからかいにくる。

高見は呆れたように目を細めながら「違うって」と、すぐに否定した。僕も一応「そんなんじゃないよ」と言っておく。

クラスメイトの女の子はけらけらとおもしろそうに笑い、それからこちらに聞こえないように高見へ耳打ちするが、僕にその声は届いていた。

「葵は、もうちょっと明るい男が好きなんじゃないの？　坂本くんとか」

彼女の言葉に、僕はそれほど傷付いたりはしない。暗い人間であると、自分で自覚していたから。それより僕は、高見の表情が先ほどよりも沈んでいるのが少しだけ気になった。けれどその表情は、つくった笑顔によってかき消される。

「櫻井くん、話してみると案外おもしろい人だよ」

「えぇ、そうなの？」

「うん。それに、初音の勉強一緒に見てくれてるし。優しいよ」

僕のことなんて、気にしなくてもいいのに。むしろ浮いている僕に構ってしまえば、高見まで周りからの印象が悪くなる。

それは申し訳ないと思ったから、僕は「それじゃ、昇降口で」とだけ言って、踵を返した。「待って」と言われたが、聞こえないふりをしてそれをやり過ごした。


学校指定の上履きからスニーカーに履き替えて待っていると、高見は案外とすぐにやってきた。何か言いたそうな顔をしていたが、話している時間がもったいないと思ったのだろう。何かを飲み込んだような表情を浮かべ、ついてきてとだけ言って先に歩き出す。

ふたりでバスに乗って向かった先は、繁華街にあるお洒落なオープンカフェだ。僕には不釣り合いすぎる世界で、店内のきらびやかな内装に思わず萎縮してしまう。

それでも高見が先導してくれたので、僕はただ後ろをついていくだけでよかった。席に着いて、すぐに高見はプリンのパフェアラモードにすると言ったため、僕も同じものを注文する。

程なくして、ふたり分のパフェを店員さんが持ってきてくれた。

「こういうお店、よく来るの？」

「どうしてさっき無視したの？」

僕の質問は、不機嫌な顔をした高見によって無視された。

「前にも言ったけど、僕と教室で話してると悪影響しかないから」

「前にも言ったけど、私は気にしてない」

そう言って、高見はスプーンをやわらかなプリンへと突き立てる。すくいとったそれを、仏頂面のままかわいげもなく口の中に入れた。

「それに、私はもう嫌なの」

「嫌って、何が」

「どうせ坂本から聞いてるんだし、わかるでしょ」

そんなことを言われても、高見が何を言いたいのか僕には全くわからなかった。彼女はひとつ、ため息を吐く。それから過去を見つめるように、辛そうな表情を浮かべる。

「……結衣も、同じこと言ってた。私に、構わないほうがいいって」

「あぁ、そうなんだ……」

たしかに白鷺なら、そんなようなことを言っても不思議ではない。自分と関わることで、友達に悪意の矛先が向けられるかもしれないのだから。

「私、卑怯者だった。だから同じことは、もうやりたくない」

「僕は別に、いじめられても何も思わないよ」

「私も、同じこと言った。それでも結衣は大丈夫だからって言って、それで……」

続く言葉を、高見は言葉にはしなかった。代わりにさっきより多くのプリンを、口の中に入れる。

「とにかく、そういうことだから。私、後悔してるの……」

「そう……」

そこまで高見が言うのならば、僕も気にすることはないのだろう。これ以上、無意味な言い争いをするのはやめにした。

「それで、今日はどうしてここに来たの？」

「気分転換」

それならば、僕じゃなくもっと別の人を選べばよかったのにと、密かに思う。口にはしなかった。

「学校生活はもう慣れた？」

「まあ、それなりに」

当初予想していた学校生活とは、全然違っているけれど。きっと白鷺と出会わなければ、僕は高見や坂本のことを突っぱねていた。そのどちらが、正しい学校生活の送り方なのかはわからない。

僕はプリンを口に含んだ。

「部活とか、入ればいいのに」

「帰るのが遅くなるの、あんまり好きじゃないんだよ」

「両親が心配するから？」

一瞬迷って言葉に詰まったけれど、僕は素直に答えることにした。

「妹がいてさ。兄離れ、できてないんだ」

「妹さんいるんだ。遅くなると心配するの？」

「前に事情があって何日も家に帰らなかったことがあったんだけど、それからすごい心配するようになってさ。あんまり、不用意に家を空けたくなくて」

思えば、家族の話を誰かにするのは初めてのことだった。話す必要も、話す相手もいなかったから。

「妹思いのお兄さんなんだね」

「別に、兄妹なら普通だと思う」

「私、弟と全然話さないよ。仲のいい兄妹が羨ましい」

「そうなんだ」

　そういう家庭があることを、僕は初めて知った。兄に少し過干渉気味の妹がいる普通の家庭だと思っていたが、もしかすると兄妹は仲よくないのが普通なのかもしれない。

「櫻井くんってさ、前よりちょっとだけ明るくなったよね」

「そう？」

「うん。初めて話しかけたときは、露骨に嫌そうな顔されたもん。この前言ってた知り合いの影響？」

「明るくなったなら、多分その人の影響だと思う」

　そういえばあのとき、白鷺に友達だと言われたことをふと思い出し、僕は高見にたずねていた。

「友達って、どうしたら友達になるんだと思う？」

「はい？」

「ちょっと、気になって」

　高見はしばらく真剣に考えたあとに、答えた。

「よくわかんないけど、お互いがお互いのことを知りたいって思ったら、それはもう友達なんじゃないの？」

　そんな答えを返した高見は、それからくすりと笑みをこぼす。

「櫻井くん、やっぱりおもしろい人だね」

「おもしろいって、何が？」

「そんなこと、考えたこともなかったから。気づいたときには友達になってるのが普通だったし」

そんなふうに自然と思えるのが、普通なのだろう。他人と不用意に関わらないで生きてきた僕は、何かがちょっとずつ欠けている気がする。

しばらく何も会話をせずパフェに舌鼓を打っていると、高見は思い出したかのように、また話を始めた。その表情は、保健室を出たときのように沈んでいる。

「櫻井くんと関わることで、私もいじめられるってさっき言ったけど、そんなことはもう起きないと思う」

「どうして？」

少し考えればその理由がわかったはずなのに、僕は当然のように高見に聞き返していた。

「言葉が相手のことをどれだけ傷付けるのか、私たちはよく知ってるから。二度もそんな間違いは、誰も起こさないと思う……」

去年白鷺はこの学校で、たくさんの悪意ある人たちの標的にされた。僕は今年ここにやってきたから、何があったのか知らない。けれど、おそらくいろんな出来事が重なって、白鷺は屋上から飛び降り、双葉は塞ぎ込むようになってしまった。みんなが学習しているなら、二度もそんな間違いは起こらない。

「高見は、負い目から僕と関わってるの？」

　今まで聞きたかった質問を、僕は何も濁したりせずに聞いた。

「負い目か……そうかも。多分去年の出来事がなかったら、私はここまで櫻井くんにお節介は焼かなかったと思う。ごめん……」

　素直に謝った高見は、それから頭を下げた。

「別に、いいよ。そういうの、気にしない」

　どちらにせよ僕が白鷺と行動していれば、結局は高見と関わることに行き着く。自分から積極的に動くのが苦手だから、彼女のほうから来てくれて助かった。

　パフェを食べ終わった僕らは、別々に会計をすませてカフェを出た。あてもなく歩く高見の後ろをついていくと、知らぬ間に博物館のある広場までやってきていた。そこで高見は、一度立ち止まる。

「結衣は、私が持っていないものを全部持ってたの」

　日の沈み始めた春の穏やかな空を見上げながら、高見は呟くように言葉を吐き出していく。今日は雲ひとつなく、まるでオレンジ色の絵の具をキャンバスにこぼしたかのようだった。

「結衣のほうが頭がよくて、誰とでも分け隔てなく話せる女の子だった。いつも誰かのためを考えてて、私はそんなあの子に憧れを抱いてたの」

「そうなんだ」

ようやく話し出した白鷺の話を、遮ったりせず相槌を打つ。高見は心の整理がしたいのだろう。僕も小蒔がいなくなったとき、誰でもいいから話を聞いてほしかったから。

「やり直したいことが、たくさんあるの。でも、時間は決して巻き戻せない。都合のいいように、世界が回ることなんてない。私はいつまでも、こんなどうしようもない後悔を抱いて生きていくんだと思う」

それから高見は、「大切な人がいなくなったことってある？」とたずねてきた。僕が首を縦に振ると、高見はどこか安心したような表情を見せた。

「櫻井くんも、あるんだ」

「うん。ずっと、ずっと昔に」

「ごめん、軽々しく聞いちゃって。そういうこと、生きてたらよくあることなのかもね」

「高見は、よくやってるほうだと思うよ」

そう言ってから、僕は頭の中で伝えるべき言葉をまとめあげた。

「高見は、前を向こうとしてる。そういうところ、尊敬するよ。変わる必要なんてないし、そのままでいいと思う」

僕のように過去ばかりを振り返らず、高見は現状をよくしようと心がけている。大きな傷を負った双葉に、勉強を教えることによって。ずっと授業のノートを取っていたのは、白鷺の代わりになろうとしていたのかもしれない。

高見は自嘲気味に笑ったあと、小さな声で「ただの罪滅ぼしだよ……」と答える。僕にはその言葉の意味がわからなくて、すぐに聞き返そうとしたが、遠くから聞こえてきた声によって、意識はそちらへと向けられた。

「隼斗！」

振り返ると、中学指定のセーラー服を着た麻帆が、こちらへと走ってくるところだった。学校帰りなのか、肩には黒い通学カバンが下げられている。

「隼斗、今帰りなん？」

「あ、うん。でもちょっと、寄り道してて」

「寄り道？」

そこで、麻帆は僕のそばにいた高見に気づく。高見が先んじて頭を下げると、麻帆は慌てたように深々とお辞儀した。

「あ、あの、隼斗の妹の麻帆です」

「はじめまして、高見葵です。私、櫻井くんのクラスメイト」

「いつも兄がお世話になってます」

ぺこぺこと頭を下げる麻帆を見て、僕は思わず口元が緩んでしまう。妹は昔から、年上の人と会話をすると途端に萎縮してしまう。そんな妹の性格は、いつまで経っても変わらない。

「麻帆、母さんが心配するから、学校からは寄り道せずに帰りなよ」

「わ、私寄り道なんてしてない」

「嘘つけ。ここから麻帆の学校、うちとは反対方向だろ」

「むむ……」

視線をあっちこっちにさ迷わせる麻帆は、何かうまい言い訳を考えようとしているのだろう。だけど結局嘘をつくことが極端に苦手な妹は、白状するようにため息を吐いた。

「実は、友達の誕生日が明日なの……それで、何かプレゼントあげられたらと思ったんだけど……」

麻帆は日の沈み始めたこんな時間に、ここを歩いていた理由を正直に話した。どうやら単純に、まだ慣れていない土地だったため、どこでプレゼントを買えばいいかわからず迷っていたらしい。そうしてこんな場所まで来て、途方に暮れていたようだ。

「それなら、僕もプレゼント選び手伝うよ。帰るのが遅くなると、ひとりは危ないから」

「でも隼斗、高見さんは……？」

麻帆にそう言われて、僕は高見と一緒に行動していたことを思い出した。そうだ、街へ一緒にパフェを食べに来ていたんだった。

僕は申し訳なく思いながら高見の方へ向き直る。すると彼女はなぜか、関心したような表情を浮かべていた。

「それ、私もついてっていい？」

「えっ？」

「ふたりとも、土地勘ないんでしょ？　私が案内してあげる」

驚いたことに、高見はそんな提案をしてきた。たしかに僕らはここら辺のことをよくわかっていないし、そもそも僕にとっては縁もない場所だ。案内をしてくれるのは、とても助かる。少し申し訳ない気持ちにはなったが、僕はその好意に甘えることにした。

「麻帆、高見も一緒についてきていい？」

「あ、うん。大丈夫……」

まだ緊張はほぐれていないようだったが、麻帆はすぐに首を縦に振った。それを見た高見は、ほっとしたような表情を浮かべて、ありがとうとお礼を言う。お礼を言いたいのは、むしろ僕ら兄妹のほうだった。

かくして麻帆の友達にあげるプレゼント選びを始めた僕らは、高見の案内でさまざまな小物が並ぶ雑貨屋へと足を踏み入れた。おしゃれな装飾に、かわいい小物が並ぶ店内は、明らかに僕には不釣り合いだ。

麻帆はすぐに高見と打ち解けて、桜の模様が描かれたお皿をふたりで眺めていた。最終的に麻帆が選んだプレゼントは、愛くるしい猫が刺繍されたハンカチだった。そのハンカチは高見が勧めたもので、結局自分も気に入ってしまったのか、麻帆はお揃いにするために二枚購入した。

プレゼントを選び終わった頃にはもうすっかり日が沈んでいたため、僕らは高見を家まで送っていくことにした。その帰り道、麻帆には聞こえない声の大きさで、高見は僕に話しかけてきた。

「櫻井くん、家ではちゃんとお兄ちゃんやってるんだね」

「そう?」

「うん。麻帆ちゃんに話すときみたいに、クラスのみんなとも話せばいいのに」

それは、無理だ。友達になったとしても、いつかは離れ離れになってしまうから。だから高見とも、たとえば白鷺が満足して成仏するようなことがあれば、それからは何事もなかったかのように、距離をおくのだと思う。

そうすれば、何も失わずにすむ。小蒔が僕の目の前からいなくなったときに抱いた悲しみを、二度も背負わなくてすむ。

それなのに僕は、小蒔にまた会いたいと思っている。とても僕の考えは、矛盾していた。

ふと、高見はカバンの中からスマホを取り出して、何か操作を始める。それを黙って見ていると、何かのQRコードを画面に表示させて、こちらへ見せてきた。

「せっかくだから、ライン教えてよ。そういえば聞いてなかったし、クラスラインにも招待送りたいから」

「あ、ごめん。僕、スマホ持ってない」

「えっ？」

そんな僕の言葉に、高見は驚いた表情を見せる。

「必要、ないと思って。友達いないし、あんまりスマホに興味もないから」

大学生になってひとり暮らしを始めるときは、家族との連絡のために買わなきゃなと思うが、今は別に必要だとは思わなかったのだ。

麻帆は、僕たちの一連の会話を聞いていたのか、呆れたように補足説明をしてくれる。

「お母さんが買ってあげるって何度も言ったのに、いらないって言い張るんです。変わってますよね」

「連絡取りたい人がいないから。それならあってもなくても同じだろ?」

そう何度も言ったのに、いつまでも僕の家族たちはスマホを持てとうるさかった。

今までスマホを持たなくて不便だと思うことはなかったから、僕の言い分は正しかったのだろう。

「櫻井くん、やっぱり変わってるね」

その高見の言葉は、馬鹿にしているような響きではなく、友人に見せるような親しみのようなものが含まれている気がした。

「僕は持ってないけど、麻帆なら持ってるよ。連絡先、交換すれば?」

「そうなの? じゃあ、麻帆ちゃん交換しない?」

「えっ、いいんですか?」

「うんうん。時間空いてるとき、またどこか遊びに行こうよ」

「行きたいです!」

笑顔になった麻帆を見て、僕は気づけば笑みをこぼしていた。

無事に高見を送り届けたあと、麻帆は僕の隣を歩きながら興味深げに聞いてきた。

「隼斗、葵さんと付き合ってるん？」

「なんでそう思ったの？」

「なんとなく」

僕と付き合ってるなんて勘違いされるのは、高見も嫌がるだろうと思ったから、すぐに首を振った。

「付き合ってないよ。ただのクラスメイト」

「そうなんだ」

「どうしたの、そんなこと聞いて」

少し残念そうな表情を浮かべる麻帆は、口を尖らせながら理由を話してくれた。

「葵さんになら、隼斗のこと任せられるなと思って」

「麻帆、母さんみたいなこと言うんだね」

「だって、隼斗って友達連れてきたことないんだもん」

友達を連れてこないんじゃなくて、友達がいないんだから仕方がない。きっと麻帆は、僕に友達がいないことを知らないのだろう。それに僕からすれば、僕がいなくなったあとに、高見が麻帆のことを支えてあげてほしいと思った。そうすれば、麻帆も寂しがらずにすむのだから。

それからふと思い出した僕は、会話の種になると思い白鷺から聞いた話を麻帆に話した。

「高見には、好きな人がいるらしいよ」

「えっ、そうなん？」

「うん。高見と同じクラスメイトなんだ」

「じゃあ、隼斗は高見さんの恋の応援をしなきゃね」

「別に、そんなことしないよ。第三者が間に入っても、ただ迷惑なだけだし」

「そうかな？　私、恋愛したことないからわかんないや」

そう言って、麻帆はまだ幼さの残る笑顔を見せる。うちの妹は、この先誰か好きな人ができたとしたら、今より大人になるのかもしれないと思った。そんなときが来たとしたら、僕は少しだけ寂しくなってしまうのだろう。

第四章　すれ違う心

麻帆の友達へのプレゼントを選んだ翌日。今日は六限目の時間に、修学旅行で訪れる場所を決めるというグループ活動が開かれていた。僕は修学旅行には参加しないけれど、活動には参加しろと昨日坂本に言われたため、一応は席を囲んでいる。

高見と坂本に、それから双葉と、なぜか白鷺までこの場にいてニコニコしているが、僕は見えないふりを続けた。

「初音ちゃん、偉いよー！　教室に来てくれるなんて！」

そう言って白鷺は双葉の後ろで嬉しそうに手を叩くけれど、本人がそれを気づく気配はない。誰も、白鷺を認識しない。

双葉が教室にやってきて、最初こそクラスがざわついたが、机を囲んでグループ活動が行われれば、いつもの騒がしさを取り戻した。別に双葉が周りからいじめられていたわけではないため、普通にクラスメイトから受け入れられたのだろう。

僕らは、加波先生から配られた京都の観光マップを眺めていた。

「やっぱ京都といえば金閣寺だろ。櫻井もそう思うだろ？」

「まあ、そうだね。いいんじゃない？」

そんな返しをすると、高見は目を細めてこちらを見てくる。

「櫻井くん、適当すぎ。真面目に考えようよ」

「適当って言われても……」

僕は修学旅行には参加しないのだから、当日回る場所を僕基準で決めても意味がない。こういうのは、当事者が決めるべきだ。だから、久しぶりの教室の空気に押されて机の天板を見つめている双葉に、僕は何気なく話しかけた。

「双葉は、どこに行きたい？」

突然話しかけたのが悪かったのか、双葉は小さな肩を驚きで震わせる。それから机の上に広げられている観光マップに恐る恐る人差し指を乗せた。

「ここ、行きたいかもしれません……」

「北野天満宮かぁ。私たち、来年は受験生だもんね。お参りしといたほうがいいかも」

高見の言葉に、双葉はコクコクと頷く。学問の神様に祈ることでもないと思うが、双葉がちゃんと学校に来られるようにとお祈りしてもいいかもしれない。きっと高見や坂本ならやってくれるだろう。

「俺、美味いもん食いたい。櫻井は何食べたい？」

「僕行かないんだけど」

「そんな冷たいこと言わないでさ。あ、櫻井にお土産買ってくるぞ。何買ってきてほしい？」

「木刀」

「おっけー、任せとけな」

適当に冗談で言ったお土産を、坂本は広げていたメモ帳の隅に書き留めた。まさか、本気で買ってくるつもりなのだろうか。

「坂本は冗談通じないからね」

坂本を見ながら、高見は呆れたように僕に忠告してくる。冗談でも発言した手前、今さら取り消すのも悪いと思った。だから僕は「できればでいいよ」とだけ付け加えておく。どちらにせよ、僕なんかにお土産を買ってくるわけないだろうけれど。

そんなことを考えていると、僕の隣に座っていた双葉が遠慮がちにたずねてきた。

「……櫻井さん、本当に修学旅行に行かないんですか？」

その言葉に、なぜか高見も反応を示して期待したようにこちらを見つめてくる。けれど僕の返す言葉が、昨日と変わることはない。

「家族に迷惑かけたくないから」

お金のことは大丈夫だと言われたが、麻帆のことがある。わずかな間でも家を空ければ、きっと妹は悲しんでしまう。だから僕は行かない。

僕のその言葉に、双葉はそれ以上口を挟んだりはしてこなかった。内気な性格をしているからなのだろう。黙りこくったまま、彼女は下を向いてしまった。

「あーあ、櫻井も来れたらよかったのにな。絶対楽しいのに」

「ごめん」

とりあえず、ひとことだけ坂本に謝罪しておく。そうしてふと、誰かの視線に気がついた僕は、双葉の後ろで背後霊のように立っている白鷺のことを見た。けれど彼女は双葉に気を取られていて、こちらを見ていない。

またあたりを見渡してみると、僕の視線はすぐ目の前に座っている彼女で止まった。なぜか高見は僕のことを、言葉の裏を探るように真正面に見据えている。思わず首をかしげると、彼女は興味なげに視線をパンフレットの方へと落とした。

「私、渡月橋《とげつきょう》と嵐山も行きたいな。候補に入れていい？」

何事もなかったかのように、高見は双葉に同意を求める。対する双葉は特に意見を挟むようなことをせずに、コクコクと頷いた。

高見は自分のメモ帳に、渡月橋と嵐山を書き留める。ふと覗いたそのメモ欄には、今まで候補に挙がっていた金閣寺、北野天満宮、僕が適当に言った木刀が書かれている。それと忘れないようにと赤文字で書いたのか、「麻帆ちゃんのお土産！」と大きく書かれていた。

そういえば昨日の夜、麻帆はリビングでとても嬉しそうにスマホをさわっていた。もしかすると、あのとき麻帆は高見とチャットで会話していたのかもしれない。夜にスマホを使っていることを母さんは怒っていたが、高見と会話していたならそれはそれでいいような気がした。

それからもたわいない会話を続けていると、ふとこちらにやってきたクラスメイトの女の子が、双葉の肩をぽんと叩いた。突然の出来事に、双葉は驚いたのか顔をこわばらせる。

「こんにちは、双葉さん。多分、双葉さんと話すの初めてだよね」

こちらへやってきた彼女は、萎縮している双葉に微笑みかける。どこかで見たことがある人だと思い記憶を巡らして、昨日高見と一緒に話していた女の子だと思い出した。

「やめときなよ、初音がびっくりしてるから」

「え、そう?」

「蛇に睨まれた蛙みたいな顔してる」

彼女が興味深げに顔を覗き込むと、双葉は顔を赤くさせながら俯いてしまった。同年代の女の子なんだから、それほど緊張しなくてもいいのにと、僕は心の中で思う。

「ごめんねー双葉さん。でもちょっと話してみたかったの。というか、明日からクラスに来てくれるの? 結構みんな心配してるんだよ?」

質問攻めになった双葉は、頭の中での処理が追いついていないのか「あ、えっと……」と言葉を濁し、しどろもどろになってしまっている。黙っていようと思ったが、僕は仕方なく助け舟を出すことにした。

「明日から、教室に来てもいいんじゃない？　勉強もついていけると思うし、戻ってきたら喜んでくれる人もいるんだしさ」

白鷺だって、それを望んでいる。以前双葉は、自分のせいで白鷺が屋上から飛び降りたと言っていた。けれど、当の白鷺は双葉のせいじゃないと言っていたし、ただの思いすごしなのだろう。

今は白鷺が亡くなって落ち込んでいるけれど、きっといつかは前を向くことができると思う。僕も、周りのみんなも、今まで空気を読んで黙っていた白鷺も、双葉の反応をじっと待った。そうしてしばらく経ってから、双葉は一度こちらを見て、わずかに首を縦に振った。その決断は、彼女にとっての大きな一歩だった。

いつもヘラヘラしている白鷺は、双葉を見つめる瞳に涙をためている。そんな彼女の姿を見て、やっぱり優しい人なんだなと僕は思った。

「櫻井くんのおかげだね」

高見は少し嬉しそうに笑みを浮かべながらそう言った。僕は、首をかしげる。

「僕は、何もやれてないよ」

これは頼まれてやっていたことだし、勉強だって白鷺と高見がいなければおそらく全然進んでいなかった。だから僕は何もやれていないのに、先の言葉を高見は謙遜だと受け取ったのか、くすりと笑ってから周りのみんなに話した。

「櫻井くんって、すごく妹思いなんだよ」

そんな高見の発言に、坂本が「えっ、櫻井に妹いたの？」と食いついてくる。僕は、自分が話題の中心に上るのが嫌だから、「いるけど」と素っ気ない言葉を返す。

すると、今度は高見の友人が、僕のことを興味深げに見つめてくる。

「櫻井って案外いい奴？」

「だから、違うって」

「こいつ、照れてるよ」

さすがに呆れてしまった僕は、ひとつため息を吐いてから「それより、早く予定決めようよ。時間なくなるから」と催促した。みんな、なぜかニヤニヤとした笑みを浮かべてくるが、それらを全て無視した。白鷺だけが鼻をすりながら僕に「櫻井くん、ありがとう」と言ってくるが、白鷺も大げさすぎる。

けれど、双葉が少し前向きになれたのは、大きな進歩なんじゃないかと思った。

なし崩し的にだけれど、双葉が教室に戻ってこれたということは、白鷺はもう満足して成仏するのだろうか。それともまだしばらくここに残って、守護霊のように双葉を見守り続けるのか。どちらにせよ、もう僕が関わることでもない。

これからは、教室にいるクラスメイトたちが双葉のことを気にかけてくれる。今だって終礼が終わってすぐに、双葉のところで数人の女生徒が群がって話をしていた。その中には、先ほどの高見の友人の姿もある。当の双葉は萎縮して肩をすぼめてしまっているが、それに気づいた誰かが双葉のことを優しく気遣っていた。

きっと、いずれ双葉もこのクラスに溶け込んでいくのだろう。

もう放課後に保健室へ寄る必要もないため、これからはいつもより早く家に帰ることができる。けれど今日は、帰る前にやらなければいけないことがあった。

そのために、僕の隣で嬉しそうに双葉のことを見つめている白鷺に軽く目配せした。それだけで意図が通じたのか、彼女は小さく頷く。僕は最後にもう一度双葉のほうを見てから、騒がしい放課後の教室をあとにした。

話し合いの場所として選んだのは、校舎の屋上だ。例のごとく施錠されているが、ガチャガチャとドアノブを弄るとそれはすぐに開いて外に出ることができた。

「どうしたの？　急に呼び出して」

疑問に思ったのか、彼女は小さく首をかしげる。僕は単刀直入に、ここへ呼び出した理由を告げた。

「小蒔のことを、そろそろ話してほしいんだ」

双葉はもう、教室へ登校できるようになった。これから先、僕の手は必要ない。あとは善良なクラスメイトたちが双葉の面倒を見てくれるだろう。それこそ、高見が白鷺の代わりになってくれるに違いない。

だから、僕は白鷺に言った。

「多分僕にできることは、もうないから」

「うーん。できればこれから先も、初音ちゃんと一緒にいてほしいんだけどなぁ」

「そこまでは面倒を見きれないって。それに、僕が双葉と話してたら、逆にクラスから浮くから」

そうなってしまえば、双葉はまた教室に来られなくなるかもしれない。せっかく良い方向に進んでいるのだから、ここで僕との関係は切るべきだ。それが正解だというのに、白鷺は顎に手を当てて眉をしかめながら考える仕草をしたあとに、言った。

「小蒔ちゃんのことは、まだ話せない。だから、もう少しだけ待って」

その白鷺の言葉から、僕は微かな疑いを抱かずにはいられなかった。

「……君は、本当に小蒔のことを知ってるの？」

思えば、初めから疑問には感じていた。どうして引っ越してきた先に、小蒔のことを知っている幽霊がいるのか。偶然にしても、都合がよすぎる。それこそ小説やフィクションじゃなければ、起こりえない話だ。

白鷺に疑いの目を向けると、彼女は申し訳なさを含めた笑顔を浮かべた。

「そんなふうに疑われても、仕方ないよね。でも、本当に小蒔ちゃんのことは知ってるんだよ」

「……それなら、もっとちゃんとした根拠を教えてよ」

そうじゃなければ、僕は白鷺の言っていることを信用することができない。そんな僕の思いが通じたのか、彼女は少しだけ迷うそぶりを見せてから、話してくれた。

「『星の王子さま』。持ってきてくれてありがとうって、前に小蒔ちゃんが言ってた」

その言葉を聞いた僕は、思わず白鷺の肩に掴みかかっていた。

「……そんなこと、あるわけないだろ」

どうして白鷺が、僕が渡すはずだった本のことを知っているのかは知らない。けれど、彼女の話していることがありえないことだというのは、この僕が誰よりも知っていた。

僕はあの日、病院へ行く途中に車に轢かれたのだ。渡すことができないままだったあの本のことを、小蒔が知っているはずがない。そうだというのに、白鷺は自分の主張を曲げたりはしなかった。

「だって、小蒔ちゃんが言ってたんだもん」

「じゃあ、その小蒔は今どこにいるんだよ」

僕が問いただすと、白鷺は「それは、まだ言えない……」と言って口をつぐんだ。

都合の悪いことは教えない彼女に、僕は軽い苛立ちを覚える。だけど頭に血が上る前に、以前白鷺が言っていたことを思い出した。

これからは、嘘をつかないようにする。たしかに白鷺は僕にそう言った。それならば彼女が言っていることは、嘘じゃないのかもしれない。けれど、何を考えているのかわからない白鷺のことを、信用することなんてできなかった。

だからさらに問いただそうとしたが、背後から聞こえてきた扉の開く音で、僕は出しかけた言葉を引っ込める。そして思わず、白鷺から距離を取っていた。

「あっ、見つけた」

少し怒気を含んだ声で、高見は呟く。今の白鷺との会話を、高見に聞かれていたのだろうか。だとしたら、かなりまずい。さすがの白鷺も焦ったのか、どうせ高見には見えやしないのに僕の影へとひょっこり隠れた。

高見は屋上へ出てきて、僕のことを軽く睨みつけてくる。

「ここ、立ち入り禁止なんだけど」

「いや、あの……」

「とりあえず、戻って」

高見はそれだけ言うと、僕の手を乱暴に掴んできた。そうすることによって、高見の考えていることが僕の脳内に響き渡る。

『なんで、よりにもよって屋上にいるのよ……結衣のこと、思い出しちゃうじゃん……』

僕はこれ以上高見の心の声を聞きたくなくて、半ば強引にその手を振りほどいた。

「ごめん……校舎の中、戻るから」

すぐに謝罪をすると、高見は出しかけた言葉を飲み込んだのか、短く息を吐いた。

そうして校舎内に戻ってから、高見はすぐに僕に迫ってくる。

「鍵、閉まってたはずだよね？」

「建て付けが悪いから、ガチャガチャしてたら開くんだよ」

「勝手に壊して外に出たんだ？」

壊して、という言葉に少し語弊はあるが、僕は口を挟んだりしない。悪いことをした事実に変わりはないから。

「ごめん……」

「私に謝ることじゃない。そこの貼り紙、見えなかった？」

高見が指をさしたのは、ドアに貼られている立ち入り禁止という貼り紙だ。当然、目に入らないはずはない。

「ごめん、見えてた」

「だよね。じゃあ、なんで外に出たの？」

「ちょっと、外の空気が吸いたくて。誰もいないところに行きたかったんだよ」

そう言うと、高見はひとつため息を吐いた。

「櫻井くんだから、先生には言わないでおいてあげる。でも、次はないからね。鍵が壊れてるのは、私が先生に報告しておくから」

高見の寛大な心に、僕は感謝した。そしておそらく、先ほどの白鷺との会話は聞こえていなかったのだろう。僕はほっと、安堵の息をつく。

僕の隣にいる白鷺も、同じく胸を撫で下ろしていた。

「ごめん、ありがと。ところで、僕のこと捜してたの？」

「あ、うん。ちょっと聞きたいことがあって。修学旅行で麻帆ちゃんにお土産買ってこようと思うんだけど、何をプレゼントしたら喜んでくれると思う？」

僕は、高見のメモ帳に書かれていた文字を思い出した。麻帆なら何をプレゼントしても喜んでくれそうだが、消え物よりも形に残るもののほうが喜んでくれそうな気がする。

「麻帆はうさぎとか好きだから、ストラップをプレゼントしたら喜んでくれると思うよ」

「そ、うさぎね。わかった」

高見はすぐに、持っていたメモ帳にうさぎのストラップと書き込んだ。

そこでふと僕は、昨夜のことを思い出し、高見に釘を刺しておくことにした。

「麻帆のことなんだけどさ」

「ん？」

「昨日、夜遅くまでスマホさわってたから、母さんに怒られてたんだよ。だから、十時過ぎたら話を切り上げてあげて」

「あ、親御さんに怒られてたんだ……それは悪いことしちゃったな……」

申し訳なさそうに眉をひそめる高見は、ついでなのか無意識なのか、メモ帳に『麻帆ちゃんとの会話は十時まで！』と書き込んだ。これで、今日怒られることはないだろう。

伝えたいことを言い終わった僕は、これ以上用もないため立ち去ろうとしたが、それより先に高見が「あっ、そういえば」と言って話を続けてきた。僕は仕方なく、耳を傾ける。

「麻帆ちゃんが、隼斗の優しいところが好きって言ってたよ」

なんでわざわざそんなことを伝えるのだろうと思ったが、本人としてはお節介のつもりなのだろう。隣で聞いていた白鷺は、「私もそういうところが好きー！」と無意味な合いの手を入れてくるが、聞こえないふりをした。

「優しいっていうのは、ほかに褒めるところがない人にかける言葉じゃないの？」

「そうかもしれないけど、櫻井くんは麻帆ちゃんに無意識に優しくしてるでしょ？」

「そんなことわかるかよ」

「だって、そんな気がするから」

そんなふわっとした答えを返されても、どうすればいいのかわからない。僕はなんとなく、頬をかいた。

「もう帰っていい？」

「あ、待って。もうひとつだけ」

高見はそう言うと、今までのくだけた雰囲気から一転させて、急に真面目な表情をつくって、言った。

「櫻井くん。幽霊、見えるの？」

言うが早いか、高見は急にこちらへ一歩踏み出し、僕の手首を掴んできた。

「えっ？」

そう声を発したのは、僕じゃなく白鷺。突然の出来事に呆気にとられた僕は、何も声を発することができなかった。

そして僕の頭の中から、高見の声が響いてくる。

『もし幽霊が見えるなら……結衣と話せるなら、私は結衣に謝りたい……だって、私は……！』

「やめろっ!!」

僕は思わず、高見の手を強引に振りほどいていた。無意識のうちに叫んで、はっとした。何をやっているんだと、僕は冷静になる。冷静になってすぐに「……ごめん」と謝罪した。高見も、白鷺も、突然の僕の怒号に呆気にとられた表情を浮かべている。

「ご、ごめん……突然、掴んじゃって……」

怯えたように、高見は肩を縮こまらせる。怖がらせるつもりなんてなかったのに。心臓がバクバクと鼓動して、それは治ってくれない。溢れてくる汗がシャツに張り付いて、気持ち悪さを感じた。

そんな僕の手を、白鷺は唐突に優しく掴んでくる。

「大丈夫だから」

あの日と同じ言葉を、白鷺は呟く。そのおかげか、痛いほど鳴り続けていた心臓の鼓動は、次第にいつものペースを取り戻していった。心の中で『ありがとう』と伝えると、白鷺は嬉しそうににこりと笑う。それからゆっくりと、手を離した。

「……ごめん、大声出して。あんまり、人にさわられるの慣れてないんだ」

「そうだったんだ……なんか、手を握ってたら本当のことがわかる気がして……そんなこと、あるはずないのにね」

そんなこと、あるわけない。

「……どうして、僕に幽霊が見えると思ったの？」

一応気になった僕は、それだけは確かめておきたくて高見に質問した。

「初めて櫻井くんに会ったとき、幽霊が見えるか私に聞いてきたから……それに、昨日麻帆ちゃんが言ってたの……坂本とうまくいくの、応援してるって……私、結衣にしか言ってないの……坂本のことが好きだったこと……」

僕は昨日麻帆に、高見は坂本のことが好きなのだと話した。麻帆はおしゃべりだから、高見に言わないように釘を刺しておくべきだった。

高見はそれから、またうかがうように僕にたずねてくる。

「本当に、幽霊は見えないの……？」

ここで本当のことを話してしまうと、高見に変に付きまとわれてしまいそうだったから、僕は咄嗟の言い訳を考えた。

「……高見って、わかりやすいんだよ。見てたら、それぐらいすぐにわかった。それに幽霊なんて、見えるはずないだろ……？」

仕方なかったとはいえ、そうやって嘘をついてしまったことに、僕は罪悪感を抱く。

「……悪いけど、もう帰るよ。また明日」

僕はそれだけ言って、振り返ることをせずに階段を下った。こんな力なんて、なければよかったのに。心の中でいくらそう思ったって、この力が消えてくれることはない。

僕は沈んだ気持ちを抱えながら、昇降口で上履きから外履きに履き替えた。そして帰るために歩き出そうとしたとき、「あ、あの……」と、とてもか細い声で急に呼び止められる。振り返ると、そこには双葉がいた。

「……一緒に、帰りませんか？」

どうして、そんな提案をしてきたのかはわからないが、さっきのことで気持ちが沈んでいた僕は、努めて平坦な声で言葉を返した。

「僕と一緒にいると、またクラスで浮くと思うよ。だから、関わらないほうがいいと思う」

それに僕といると、不本意だけれど勝手に心を覗いてしまうかもしれないから。だから僕は、双葉をおいて歩き出す。けれど昇降口を出て、きづいた。屋上にいたときは曇っているだけだったのに、いつのまにか空から雨粒が落ちていた。

仕方ないから走って帰ろうかと思ったとき、僕の頭の上に小さな傘が開く。隣を見ると、伏し目がちな双葉が傘を差してくれていた。

「いいよ。双葉のほうが濡れるから」

そう言っても、双葉は傘を引っ込めたりはしない。僕は仕方なく、彼女の持つ傘の柄を代わりに持った。

「僕が持つよ。そのほうが、腕も疲れないと思うし、濡れないと思うから」

「ありがとうございます……」

双葉がそう言って頷いたのを見て、僕はいつもより歩幅を短くして歩き始めた。こんなところを見られたら、余計な噂が流れてしまうというのに。僕は彼女の好意を無下にすることはできなかった。

雨粒が傘に当たる音を聞きながらしばらく無言で歩いていると、大型書店の前でたい焼きの移動販売をしているところを見つけた。何かお礼をしなければと思った僕は、双葉に了承を得てからそちらに進路を変える。

キッチンカーに近付くと、あんことカスタードの甘い匂いが漂ってきて食欲が湧いてきた。

「双葉はどっちが食べたい？」

そうたずねると、双葉はしばらく迷った末にあんこのほうを指差した。僕はそれを見て、店員さんにあんことカスタードのたい焼きを一つずつ注文する。会計の際、双葉が財布からお金を出そうとしたが「お礼だから」と言ってやめさせた。

それから僕らは、雨が当たらない書店の屋根の下に立って、たい焼きをほおばった。久しぶりに食べるたい焼きは、どこか懐かしい味がした。

たい焼きを食べ終わってすぐに、僕らはまた家路につく。そうしてまた無言で歩いて、僕は双葉に質問を投げていた。

「白鷺って、どういう人だったの？」

デリカシーがないと思ったが、聞いておきたかった。もともと、白鷺のことが知りたくて双葉や高見、坂本に近付いたのだから。僕は質問をしてから、俯く双葉が話し始めるのを雨音を聞きながらじっと待つ。双葉は、ポツポツと話し始めた。

「優しい、人でした……明るくて、頭がよくて、なんでもできて……何もできない私を、いつも気遣ってくれてました……」

「昔からの知り合いなの？」

「……いえ、高校へ入学してから出会って、ひとりでいる私に話しかけてくれたんです」

「そうだったんだ」

白鷺なら、きっとそうするのだろう。小蒔が、僕にそうしてくれたように。そういう意味では、白鷺と小蒔は、どこか似ているような気がした。

慰めにもならない、双葉からすれば無責任のようにも聞こえる言葉だけれど、白鷺が望んでいることを僕は伝えてあげた。

「きっとその子は、双葉に笑っててほしいと思ってるよ。だから、ちょっとずつ自然に笑えるようになりなよ。白鷺が、安心できるように」

その言葉を聞いた双葉は、すんと鼻をすする。僕はそれ以降何も聞かなかったし、双葉も何も話しはしなかった。気づけばいつのまにか双葉の自宅に着いていた。僕は、持っていた傘を双葉に返す。

「ありがと。ここから割と近いし、走ってけばそんなに濡れないから」

そう言って借りた傘を返そうとしたが、双葉は受け取らなかった。またか細い声で
「家まで、差していってください」と呟く。

「明日、雨降ったらどうするの？」

「……朝、家まで傘を持ってきてください」

僕の家から双葉の家は、学校へ向かう途中にあるから構わないが、本当にいいのだろうかと首をかしげる。しかしここは素直に好意に甘えようと思い、「ありがとう」と口にした。

それから家へ帰ろうとするが、双葉はなかなか傘の下から出ていかない。しばらく疑問に思っていると、双葉はこちらに目を合わせず言った。

「放課後、クラスメイトの方が言ってました……なんで、櫻井さんみたいな暗い奴が転校してきたんだって……」

その話を聞いても、僕は特に何も思わなかった。そういうことは、言われ慣れてい

るから。けれど、やはりここに白鷺がいたとしたら、彼女は怒らない僕の代わりに激怒するのだろう。

「……あの、私はそんなこと思ってませんから」

「そう……」

ふと、俯く双葉の声が震えていることに気づいた。どうして泣いているのだろう。何か、泣かせるようなことをしたのだろうか。

「どうしたの？」

そうたずねると、双葉は慌てて涙をぬぐい、「な、なんでもないです……！」と言った。その手に触れれば、彼女の考えていることや悩んでいることがわかるというのに、僕はそんなことはしなかった。それほど、双葉初音という女の子に興味がないということなのだろう。慰めもせずただ黙っていると、双葉はようやく僕のそばを離れ、逃げるように自分の家へと入っていった。

それから僕も、ひとりで家路を歩く。自分の心はすでにどうしようもなく冷えきってしまっているのだと、強く感じた。

翌日、僕は双葉から借りた傘を返すために、登校中に自宅へと寄った。けれど、インターホンを鳴らして出てきたのは双葉の母親で、申し訳なさそうに「今日は熱があるみたいで、お休みすることになったわ。ごめんなさいね……」と謝られた。仕方なく僕は、母親に「初音さんに、『昨日はごめん』と櫻井が言ってましたと伝えてください」と伝言を頼んだ。

昨日、双葉が泣いた理由を僕は知らない。あのとき、力を使って彼女の本心を知ることができていれば、何かが変わったのだろうか。過ぎたことを悔やんでも仕方がないことはわかっているが、そう感じずにはいられなかった。

それから学校に着いて教室へ向かっているとき、曲がり角からこちらを覗く白鷺を見つけた。おそらく、昨日のことを気にしているのだろう。僕はカバンを持ったまま白鷺のそばへ行き、「話したいことがあるから、ついてきて」と呟いた。その言葉に頷いたのを見て、僕は階段を上っていった。

昨日高見に注意されたから、今日は屋上へ出るための扉を開かなかった。代わりに誰もいないその扉の前で、白鷺と向かい合う。

そこで僕は、開口一番に白鷺に言った。

「昨日は、ありがと」

「えっ？」

突然の僕の感謝の言葉に、白鷺はきょとんとした表情を見せる。

「白鷺が手を握ってくれなかったら、多分もっと取り乱してたから。それと、ごめん……」

「どうして謝るの？」

「昨日、双葉のことを泣かせちゃったんだ。でも理由がわからなくて、今日も風邪で欠席しちゃってて……」

「初音ちゃんの心を、覗こうとはしなかったの？」

僕は、素直に頷いた。そのことを、白鷺は少しは怒ると思ったのに、どこか安心したように僕の肩を叩いて「なら、よし」と言うだけだった。

「……怒らないの？」

「えっ、どうして怒るの？」

「だって……」

大切な親友を、わけもわからず泣かせてしまったのだから、白鷺は怒ると思っていた。それなのに何も言わないなんて、今日の白鷺はどうかしている。

「前にも言ったけど、何があっても責めたりしないから安心して。むしろ、私は隼斗くんに感謝してるから。正直なところ、今すぐじゃなくてもいいの。長い目で見て、初音ちゃんが元気になってくれれば、私はそれでいい」

白鷺は意外にも、そう言った。

「……僕は、今すぐ小蒔のことが知りたいんだけど」

つい本音を漏らすと、白鷺はくすりと笑みをこぼす。

「私が小蒔ちゃんと友達だってこと、疑ってるのに？」

「……疑ってるのは、ごめん。僕が、君のことを信用できてないから」

「それが普通だよ」

そう言って、白鷺はまた僕の手を握ってきた。最初こそ戸惑いを覚え振り払いもしたが、もう彼女に触れても何も害がないことを知っている。だから、僕はその手を振りほどいたりしなかった。

「隼斗くんは、相手の考えていることを人よりちょっと感じ取ることができるから、そこまで深く落ち込むんだと思う。誰かに対して疑いを持つのは、全然普通のことなんだよ。だから、私は全く怒ってない」

そう言い終えると、最後に白鷺は微笑みを浮かべて手を離す。そのまま、彼女は言った。

「安心して。いずれ全部話すから。話さなきゃいけなくなるときが、もうすぐ来るの」

「……もうすぐ？」

「うん、もうすぐ」

やはり、白鷺の言っていることはよくわからない。ただ疑問符だけが浮かぶ会話だったが、それでも話をできたことで少しだけ気持ちが軽くなったような気がした。

「もうすぐといえば、そろそろホームルームが始まるんじゃない？」

「あっ、もうそんな時間か……」

「それじゃあ、早く行かなきゃね。遅れたら、きっと葵ちゃんが怒っちゃうから」

それは白鷺の言う通りで、高見は一分一秒でも遅れたら、ひとつは小言を言ってくる人間だ。そうなれば、とても面倒くさい。

僕はチャイムが鳴る前に教室へ戻ろうとして、ふと階段を下りるときに白鷺のほうを振り返った。首をかしげる彼女に、僕は言う。

「できる限りのことはするよ。何ができるか、わからないけど」

それだけ伝えると、白鷺は「ありがとう、隼斗くん」と嬉しそうに言った。

もし、白鷺が小蒔のことを話してくれるときが来たとして、そのときに僕が何もできていなかったら、あまりにも身勝手すぎる気がした。

できるだけのことはやろうと、僕は少しだけ気を引き締めた。

その日のとある休み時間。僕は高見の元へ行き、「昨日はごめん。ちょっとだけ、荒《すさ》んでた」と謝罪した。すると彼女は不器用に微笑んで「私も、ごめん。幽霊なんて、見えるはずないもんね。ちょっと、どうかしてた」と言った。

本当は相手の考えていることもわかるし、高見が会いたいと思っている白鷺の幽霊とも話すことができる。だけどそんなことは、言えるはずもなかった。言ってしまったら最後、僕はこの学校にはいられなくなる。

高見はそれから、昨日双葉の座っていた席をチラリと見た。

「初音、また学校休んだね」

「風邪だって言ってた」

「もう、修学旅行も来週なのに」

「学校の帰りに、家に寄ってみるよ。差し入れとか持ってく」

「私も行く」

なんのためらいもなく、高見は言った。昨日のことがあったから、僕と話すことさえ気まずいだろうなと思っていたのに。

「いいの？」

確認のためにたずねると、「当たり前でしょ」と言って頷いてくれた。それなら、高見にもついてきてほしい。ひとりより、ふたりのほうが双葉も喜んでくれるかもしれない。

それからタイミングよく僕たちの話に入ってきた坂本が、申し訳なさそうに手のひらを重ねた。

「俺は、バドミントン部に行くから無理だわ」

「部活、忙しいの？」

「来週は修学旅行だから、なるべく休みたくないんだよ。双葉によろしく言っといてくれ」

「わかった」

そんなふうに二人で話をして、放課後、僕は高見と双葉の家に向かった。途中、スーパーでゼリーをお土産に買っていったが、しかし双葉は僕らの前に出てきてはくれなかった。熱は下がったようだが、また部屋から出てこなくなったと母親が教えてくれた。その日はゼリーを渡して、僕らは解散した。

迷惑かもしれないと思ったが、翌日の朝も双葉の家に寄ってみた。とても申し訳なさそうに、母親から「初音は今日もお休みするわ」と伝えられた。

そうして何もできない日が続きつつも、学校の行き帰りは双葉の家に寄った。けれど修学旅行の前日になっても、双葉が学校に登校することはなかった。

ふと思い立った時に、どうしてこんなことをしているんだろうと思うときがある。白鷺が言うことが本当ならば、何もしなくてもいずれ小蒔のことを教えてもらえるというのに。学校へ来ない双葉のことを、放っておいてもいいはずなのに。

どうして僕は、毎日毎日保健室へ勉強を教えに行って、行きと帰りに双葉の家に寄っているのか。ずっと昔に、誰とも関わらずに生きていくと決めたはずなのに。どうして今になって、誰かと関わろうとしているのか。

どうせ仲よくなったところで、いずれは別れるときが来るというのに。高校を卒業して、県外の大学へ進学してしまえば、もう会うことなんてなくなるというのに。

「僕は一体、何をしてるんだろう……」

「先生のために、美術準備室を整理してくれてるんじゃないの？」

考えていることが、つい口から漏れ出てしまっていたようだ。僕は、パレットが入ったダンボールを、指示された棚の中へと押し込んだ。

補足するように、加波先生は言う。

「明日から修学旅行だから、準備室を整理しとこうと思って櫻井くんを呼んだんだよ」

「こんなギリギリの日まで、整理を放っておかないでくださいよ」

「仕方ないじゃん。ちょっと先生ひとりだけじゃ、人手が足りないから」

人手が足りないというより、身長が足りていないのだろう。そんなことを言ったら成績を下げられそうだから言わないけれど。

「それに、どうせ櫻井くん暇でしょ？　明日修学旅行は行かないんだし」

「修学旅行に行かないことへの当てつけですか」

「そういうわけじゃなくて。あっ、そこのガムテープの入ったダンボール、棚の一番上に押し込んでおいて」

　僕はため息をついて、言われた通りにダンボールを棚の上に置く。さっきから特に口を挟んではいないが、こんなに上のほうに片付けて大丈夫なのだろうか。また取り出すとき、脚立に上らなければいけないから大変そうだ。

　それからも加波先生の指示に従って、僕は美術準備室の整理を手伝った。そうしてひと区切りついたとき、先生は「コーヒーに砂糖は入れる派？」とたずねてくる。僕が「入れなくてもいいです」と言うと「味覚が大人だねー」と言いながら、コーヒーを淹れてくれた。僕は手近にあった椅子に座り、ありがたくコーヒーを飲む。先生も、コーヒーに砂糖は入れていなかった。

「櫻井くん、何か悩み事あるの？」

「どうしたんですか、急に」

「なんだか悩み事があるような顔してたから」

　どんな顔だよと思ったが、鋭いといえば鋭いのかもしれない。やっぱり、教師という人種はいろんなことが見えているのだろう。

「先生でよければ、話してみて」

　普段ならそんなことを言われても、誰かに絶対相談しないというのに、今日の僕はどうしてか口元が緩んでいた。　加波先生には、思わず心を許してしまう雰囲気があるのかもしれない。

「どうして、僕は生きてるのかなと思ったんです。この先辛いことばかりなのに」

生きていても、このまま死んでいくだけなのに。小蒔という存在がいたから、今まで自分で命を絶つことだけはしちゃ駄目だと思い続けてきた。けれど僕はいつまでも、生きる理由を探している。これから先、苦労していくしかないのに。

「また、難儀な悩みだね」

「こんなこと悩むの、変ですよね」

「変じゃないと思う。全然変なんかじゃないよ」

「先生も、考えたことあるんですか？」

「うーん、ないかなぁ」

僕は思わず、持っていたコーヒーカップを床に落としそうになってしまった。順風満帆に生きてきて、結婚もして、そんな人がこんな悩みを理解できるのだろうか。

そう思っていると、加波先生は見透かすように笑みを浮かべた。

「今、この先生何言ってんだって思ったでしょ」

「……はい」

「素直でよろしい」

基本的に嘘をつくことができない僕は、正直に白状した。加波先生は椅子に深く腰を据えて、一度コーヒーを口に含む。その姿はちょっと大人っぽく見えた。

「私はそういうふうに悩んだりはしなかったけど、そんなふうに考えてる人はいるんだろうなって思ってるから。いろんな人がいるから、そんなふうに悩むことは全然おかしなことじゃないと思う」

　僕の悩みを呆れるでもなく怒るでもなく、おかしくないのだと肯定してくれたことが、少しだけ嬉しかった。

「先生は、生きるのが辛いなって思ったこと、ありますか？」

「そりゃあ、あるよ。人間だもん」

「それはたとえば、どんなときですか？」

　そうたずねると、加波先生は昔を懐かしむような顔を浮かべたあとに、思い出話を聞かせてくれた。

「すごく好きだった男の人がいて、その人も私に好意を寄せてくれてたんだけど、いろいろあってその人は別の女の人と付き合うことになったの。あのときは、結構辛かったなぁ」

「えっ、どうして先生はその人と付き合わなかったんですか？」

「ちょっとね、いろいろあったのよ。内緒だけど」

そう言うと、加波先生は唇に人差し指を当てた。あまりプライベートなことに踏み込むのは、よくない。

「でもね、今でもそのふたりとは仲よしなの。生きてさえいれば、いつでも話すことができるし、会うこともできる。私はそれだけで、生きる理由があるって思えるかな」

誰かを思いやることのできる、加波先生らしい理由だった。誰かと関わりを持つことが、生きる理由に繋がる。僕にはとても、想像することのできない話だった。

けれど加波先生は、僕の目を真っ直ぐに見て言った。

「櫻井くんにも、ひとりぐらいは大切な人がいるんじゃない？」

「……僕ですか？」

そうたずね返すと、加波先生は深く頷いた。

大切な人がいるかと聞かれて、一番最初に思い浮かんだのは小蒔の姿だった。けれど僕は、悩んだ挙句に「……わかりません」と呟く。

僕は、小蒔を僕の大切な人にすることが怖かった。彼女は幼い頃に、余命を宣告されているのだ。もし、白鷺を通じて彼女と再会できたとしても……その先は、なるべく考えたくはない。

僕がそんなふうに悩んでいると、加波先生はやわらかい笑みを浮かべた。

「自分の人生は自分のものだけど、誰かのために生きるっていう選択肢もあるのよ。

大切な人のために自分の人生を使うことは、全然おかしなことじゃないの。もし、そういうときがあなたに訪れたとしても、迷ったりする必要はないのよ」

諭すようにそう言った先生は、カップに残っているコーヒーを一気に飲み干した。

僕も、わずかに残ったコーヒーを飲み干す。

それから先生は立ち上がって、腕を上げて大きく伸びをした。

「さて、あとちょっとだけ、櫻井くんに手伝ってもらおうかな」

「あの、最後にひとつだけいいですか」

加波先生は「いいよ」と言って頷いてくれた。僕は先生の左手薬指にはめられている結婚指輪を見てから、たずねる。

「どうして今の方と、結婚したんですか？」

昔、好きだった人がいて、生きるのが辛いと思ったほど傷付いたはずなのに。どうして、別の男の人と付き合って、結婚しようと思えたのか。

加波先生はその僕の質問に、すぐに答えてくれた。

「私のことを、絶対に幸せにするって言ってくれたからだよ」

そう言って、先生は幸福そうに微笑んだ。それはひとつも不幸を感じさせない、純粋な笑顔だった。

半ば諦めかけていたが、修学旅行の前日である今日も、僕は双葉の家に寄ることをやめたりしなかった。その行為がすでに日課のようなものになっていて、自然と双葉の家の前に立ち止まったかと思えば、僕は気づけばインターホンを鳴らしている。

そうしていつも通り双葉の母親が出てくるはずが、今日はなかなかそのドアは開かなかった。留守かと思って立ち去ろうとすると、インターホンのスピーカーから微かな声が漏れてきて、僕は立ち止まる。

「……どちらさまですか?」

その声は、久しぶりに聞いた双葉のものだった。おそらく、家族が全員たまたま外出しているのだろう。僕は心のどこかで、ここ数日の行動が報われてほっとしていた。

「櫻井だけど」

双葉からの言葉は返ってこない。だけどここを逃せば、もう話をすることができないと思い、僕は伝えるべき言葉だけを頭の中でまとめて話した。

「明日からは、修学旅行に行きなよ。気分転換にもなるし、きっと楽しいと思う。それに、高見も坂本も心配してた」

そうひと息でまくしたてると、スピーカーの通信の切れるプツッという音が響いた。少しだけドアの前で待ってみたけれど、双葉が玄関から出てくることはない。

だからそれ以上は諦めて、僕は自分の家へと帰った。

翌日、修学旅行に行かない僕は、自分の部屋のベッドに横になって小説を読んでいた。けれどそれは何度も繰り返し読んだ本で、内容も全て暗記してしまっているため、すぐに飽きて本棚の中へと戻した。

そうして無為に時間を過ごしていると、制服を着た麻帆が部屋のドアをノックして中に入ってきた。

「葵さんからラインがあったんだけど、初音さんっていう人が修学旅行欠席したんだって」

「あぁ、そうなんだ……わかったよ」

「隼斗の彼女？」

「だから、違うって」

少し残念そうな顔をした麻帆は、いってきますと言って部屋を出ていった。

リビングへ行くと、椅子に座ってテレビを見ている母さんとばったり出くわしてしまう。修学旅行へ行かなかったことに対して、少しは愚痴が飛んでくるかと思ったが、母さんは「おはよ、隼斗」と言うだけだった。

だから僕も「おはよう」と返事を返した。

それから僕は、自室で身支度を整える。いつもの習慣で制服を着そうになったが、すぐに私服をタンスから取り出した。適当に選んだ服に着替えて、僕はもう一度リビングへ戻る。

母さんは、まだテレビを見ていた。

「ちょっと出かけてくる」

「いつ帰ってくるの？」

「……わからない」

「ふーん、わかったよ。いってらっしゃい」

修学旅行へ行かず、学校にも行かず、私服で平日に外へ出ることを母さんは咎めたりしなかった。僕はそのことにほっとしつつ、いつもとは違う遅めの時間に家の外へ出る。

初めに向かったのは学校だった。なんとなく白鷺と話をしたくて学校へ来たが、さすがに私服で校舎の中をうろつく勇気はなかった。せめて制服を着てくればよかったと思い昇降口の前をウロウロしていると、ありえないことに遥か頭上から「おーい、隼斗くーん！」という声が降ってきた。驚いて上を見上げると、屋上に女の子の姿が見える。その女の子が白鷺だと気付いた僕は、すぐに出会った頃の出来事を思い出していた。

白鷺は、あのときと同じように屋上から降ってきて、そしてひらりと目の前に着地する。そうして僕の顔を見て、にこりと笑った。

「おはよ、隼斗くん」

「おはよ。白鷺って、いつも学校にいるの？」

「まぁねー、もう寝なくてもいい体だから」

「寂しさとか、感じない？」

「初めは寂しかったけど、最近は幽霊のお友達ができたから」

以前白鷺は、僕には見えない幽霊もいると言っていた。きっとそんな幽霊と話をしたりしているのだろう。

「それより、どうしたの？　今日二年生は修学旅行だから、学校来なくてもいい日だよね？」

「まあ、そうなんだけど」

僕が曖昧なことを言うと、白鷺は意味深な笑みを浮かべて目を細めた。

「実は私のことが心配で、会いに来てくれたとか？」

「馬鹿じゃないの」

「照れなくてもいいってー！」

そう言って、僕の脇腹を軽く小突いてくる。馬鹿みたいに元気な白鷺を見ていると、自然と僕は笑みをこぼしていた。それを目ざとい白鷺に見られてしまい、少し驚いた表情を浮かべられた。

「隼斗くんが笑ってるとこ、初めて見たかも」

「笑ってない」

「笑ったよ、絶対！」

白鷺はそう言い張ると、僕に近付いて両の頬を手のひらで押さえつけてきた。

「いきなり何すんのさ」

「表情筋が固まってるから全然笑えないんだよ。適度にほぐさなきゃ」

「本当に、馬鹿なんじゃない」

そろそろ本気で鬱陶しいなと思った僕は、頬を掴む白鷺の手を取って離した。けれど、少しだけ元気が出た気がするのは、気のせいなんかじゃないのだろう。

「双葉、修学旅行に行けなかったって」

「あーそうなんだ。楽しいから、みんなと行ければよかったのになー」

少し残念そうに肩を落とす白鷺を見て、僕はすぐにそんな提案をしていた。

「ちょっと、今からどっか行かない？」

「今から？」

「うん」

頷くと、白鷺は少しだけ考えたあとに、答えを返した。

「いいけど、それなら初音ちゃんも誘おうよ」

「双葉も？」

「三人のほうが、きっと楽しいと思うし」

三人とは言うけれど、双葉は白鷺のことを認識できないから、実質ふたりきりみたいなものだ。けれど、それでもいいと思ったから、僕は白鷺の提案を了承した。

「それじゃあ、行こうか」

「うん！」

白鷺が大きく頷いたのを見て、僕らは双葉の家へと向かった。


思い返してみれば、白鷺とふたりで校外に出かけたのは二度目だった。あの頃から変わったことなんて、それほど多くない。双葉は未だ家に引きこもっているし、僕は白鷺のことを理解できずにいる。

どうして、白鷺は自殺してしまったのか。その理由を知るための時間は、実はもうあまり残っていないのかもしれない。白鷺は、とても不安定な存在だから。今ここにとどまっているからといって、明日もここにいる保証はない。そう改めて思って、今日この日を使って白鷺のことを少しでも知ろうと思った。僕はきっと、白鷺を知ることから目を背けていたから。

双葉の家に着いて、僕はすぐにインターホンを押した。その動作はもう慣れたもので、戸惑っていた頃の自分を少し懐かしく思う。

そうしてしばらく経ってから「……どちら様ですか？」と呟く声が、スピーカーから聞こえてきた。

「何度もごめん、櫻井だけど。ちょっといい？」

それだけ言うと、プツリと通信の切れる音が響いた。やはり、駄目なのだろうか。

白鷺も少し、不安そうな表情を浮かべていた。

けれどそんな予想に反して、そろそろと玄関のドアは開いてくれる。チェーンが掛かっていたが、双葉はそっと顔を覗かせてくれた。僕はそのことに、安堵の息を漏らす。

「ずっと部屋にいるのも疲れると思うから、今から一緒に出かけない？」

「……一緒にですか？」

僕が頷くと、双葉はまた少しだけ顔を覗かせて周囲の状況をうかがった。僕以外の人間がいるか、確認しているのだろう。

そうして僕以外の人間がいないと理解した双葉は、しばらく逡巡したあとに答えた。

「出かける準備、します……ちょっと待っててください」

それだけ言い残して、双葉はドアを閉めた。白鷺は嬉しそうに、「やったね、隼斗くん！」」と言って小さなガッツポーズを見せる。兎にも角にも、白鷺が喜んでくれたようで僕の気は少し楽になった。

色が控えめなスカートとブラウスに着替えた双葉と一緒にやってきたのは、街中にあるゲームセンターだ。もっと気のきいた場所を選べばよかったと思ったが、あまり外を出歩かない僕にはここ以外に思いつく娯楽施設はなかった。

ゲームセンターに入った途端、僕の近くに寄ってきて萎縮する双葉とは反対に、白鷺はモグラ叩きやUFOキャッチャーに目を輝かせている。その中で彼女は、太鼓を叩くリズムゲームを指差して言った。

「あれやろうよ、隼斗くん！」

そうは言うが、白鷺は幽霊だから僕と一緒にプレイすることなんてできない。見てるだけでいいのだろうかと思ったが、多分それでもいいのだろう。

「あれ、やってみる？」

肩をすぼめている双葉を誘うと、何も言わずにコクリと頷いてくれた。そうしてふたり分のお金を入れて太鼓を叩き始めたが、正直言ってこういう類のゲームが苦手だということに僕は気づく。

一番優しい難易度に設定したが、流れてくる赤いマークと青いマークを叩くタイミングがどうにも合わず、全然ポイントが貯まっていくことはなかった。対する双葉は僕とは違い、「五〇コンボ！」という軽快な掛け声が機械の中から聞こえてくる。そんな差に、後ろで見ていた白鷺はけらけらと笑っていた。

「隼斗くん下手すぎ！」

「うるさいな……」

恥ずかしくなって思わずそう呟いてしまったが、双葉はゲームに集中していて聞こえなかったようだ。どうやらそれなりに楽しんでくれたようで、双葉がゲームのノルマをクリアしたおかげで、もう一曲分だけプレイすることができた。しかしその二曲目もすぐに上達することなんてなくて、ミスを連発して白鷺に笑われてしまう。

それから双葉にやりたいゲームがあるか聞いてみても、なかなか返事が返ってこなかったから、代わりに白鷺が「あれやりたい！」と言って指をさしたＵＦＯキャッチャーをすることにした。白鷺はキラキラ光るＵＦＯキャッチャーを見て、「これ、どうやって遊ぶの？」とたずねてくる。そんなことも知らないのかと思ったが、女の子だからあまりこういう娯楽施設には遊びに来ないのかもしれない。

僕は子犬のぬいぐるみが景品として置かれているＵＦＯキャッチャーにお金を入れて、ボタンを押した。動き出したアームを見て、白鷺は「おー！」と言いながらやや興奮している。そしてボタンを離すとアームはゆっくりと下降していき、ちょうどよくぬいぐるみのタグの部分に引っかかった。そのままぬいぐるみは持ち上がっていき、取り出し口に移動して落ちていった。まさか一回で取れると思わなかった僕は、自分でもやや驚いた。

双葉は隣で小さく拍手をしていて、僕はそんな彼女にぬいぐるみを渡した。

「あげるよ」

「えっ？」

「もともと、取れたらあげるつもりだったから」

麻帆は子犬よりうさぎのほうが好きだし、白鷺にプレゼントすることはできない。かといって男の僕がぬいぐるみを飾るのも、なんだか恥ずかしい。

だから消去法で選んだのだけれど、白鷺は「隼斗くん優しいー！」と言って、なんだか嬉しそうに拍手していた。

「……本当にいいんですか？」

「そんな、たいしたものじゃないから」

「……ありがとうございます」

お礼を言った双葉の瞳は、少しだけ揺らめいていた。たったこれだけのことで泣かなくてもと思ったが、きっといろいろと疲れているのだろう。心労が溜まっていると、ふとしたときに泣きたくなってしまうものだから。

店員さんにぬいぐるみを入れる袋をもらって、僕らは早々にゲームセンターをあとにした。ちょうど時刻は昼どきで、どこかでご飯を食べたいと思った僕は、ちょうど見つけたハンバーガーショップを指さす。

「あそこでご飯食べる？」

またコクリと双葉が頷いたのを見て、僕はハンバーガーショップへと足を向ける。店内でメニュー表を確認しているとき、白鷺は嬉々とした表情で「これ食べてみたい！」と言ってポテトフライを指さした。双葉に何を食べるかたずねると、ワンコインで買えるオーソドックスなハンバーガーをおずおずと指さす。

そこで僕はようやく、今日の双葉はいつもより口数が少ないことに気づいた。普段から白鷺みたいにそれほどしゃべる人じゃないけれど。少しは気分転換ができるかと思ったが、外へ出ることが今は双葉の重荷になっているのかもしれない。

僕は一応確認の意味を込めて「もしかして、体調悪い？」とたずねる。双葉はすぐに、首を振った。それなら今すぐじゃなくとも、お昼を食べてから家に帰ってもいいだろう。

僕は双葉と同じものを頼んで、ついでに白鷺の言っていたポテトフライを注文した。そうして席に着いて、食べ始める。

白鷺は目の前に置いてあるポテトフライに、とても食べたそうな目を向けていた。

けれど幽霊である彼女がポテトフライをつまんで食べることは、おそらくできないのだろう。だから僕は周囲の状況をうかがって、双葉が俯いている瞬間を見計らい、ポテトフライを一本白鷺の口元に持っていった。その意図を察してくれたのか、白鷺は嬉しそうに微笑み、パクリとポテトフライを食べた。

「おいしいー！」

そう白鷺は大きな声を出すが、その声が聞こえているのは僕だけだ。それから白鷺は、昔を懐かしむように自分のことを少しだけ教えてくれた。

「私、あんまりこういうところ来たことないんだよね。家族に迷惑かけるわけにもいかなかったし、勉強もしなきゃいけなかったから。学校の外でみんなと遊ぶことも、あんまりなかったの」

それならば、もっと白鷺と一緒に出かけたいと、僕はふと思った。そう思ったのは、わずかな時間だけれど、新しいものを知ってはしゃぐ彼女を見ているのが、楽しかったからなのだろう。こんなふうに、誰かと一緒にいて楽しいと思えたのは二度目だった。

どうして死んじゃったんだよと、心の中で白鷺に問いかける。問いかけたところで、何も変わらないことは知っていた。いずれ、別れが来ることも。

だからこんな感情は、白鷺に対して抱くべきじゃなかったのかもしれない。そう思っても、ハンバーガーを頬張る双葉のことを嬉しそうに眺める白鷺に対して、特別な感情を抱かずにはいられなかった。この感情はきっと、小蒔に向けているものと同等のものなのだろう。

「ありがとね。隼斗くん」

そう言って、白鷺はまた笑みを浮かべる。

いつか訪れる別れを予感した僕は、もう上手に笑うことはできなくなっていた。

まだ帰る時間には早すぎる気もしたが、寄りたい場所もなかったので、双葉の家へと向かっていた。白鷺は道中に咲いている花や、青空にかかった飛行機雲を見つけては子どものようにはしゃいでいるが、双葉は黙りこくったまま口を開くことはない。

時折話しかけたりもしてみたが、双葉が返してくるのは頷きなどの反応だけで、会話が続くことはなかった。そんなふうに黙々と歩いていると、いつのまにか双葉の家にたどり着いていた。今日出かけたことに意味はあったのだろうかと思うが、引きこもっていた双葉が家から出たのは大きな進歩なのだろう。それに、白鷺も満足している。また、一歩ずつ学校へ向かえるようになればいい。

「それじゃあ、月曜日また学校で」

「またねー、初音ちゃん」

けれど、別れの挨拶をしても、双葉は自分の家へと入っていかない。どうしたんだろうと白鷺はこちらを見つめてくるが、理由なんて僕にわかるはずもない。

ただ双葉は俯いたまま、口を閉ざしている。

「どうしたの？」

そうたずねると、双葉は手に持っていたぬいぐるみの入った袋の持ち手をぎゅっと握りしめ、僕のほうを見ずに呟いた。

「あ、あの、好き、なんです……」

「えぇ!?」

そんな驚きの声を上げたのは、僕ではなく白鷺。僕は、突然双葉に言われた言葉が理解できなくて、喉の奥から言葉が湧き上がってこなかった。

けれど双葉は、なおも言葉を続ける。

「櫻井さんのことが、好きなんです」

やや興奮気味の白鷺は、僕の服の袖を掴んできて、言った。

「ねえ隼斗くん！　初音ちゃんの告白、前向きに考えてあげて！」

そんなことを突然言われても、僕には理解することができなかった。だって……。

「僕ら、まだ知り合って数日も経ってないだろ……それにお互いのこと、何も知らない……」

そう話して、頭の中が冷静になった僕は、急速に心の中も冷えていった。白鷺は、前向きに考えてあげてと言っている。けれど双葉に告白をされて、ここまで心が揺り動かされないということは、そういうことなのだろう。

期待させるだけ、損をさせてしまう。

だから僕は、感情を込めない冷めた声で、告白の返事を返した。

「ごめん。そういうこと、考えられない」

そう返事をすると、双葉は顔を上げてようやく僕のことを見た。その顔は悲痛な色に歪んでいて、瞳からは涙が溢れている。そうして、何も言わずに僕から距離を取り、自分の家の中へと入っていった。

「隼斗くん」

僕を呼ぶ、聞き慣れた声。先ほどの期待した色は、もうどこかに消え失せていた。

「……ごめん、僕も帰るよ」

白鷺が僕にどんな顔をしているのか、それを知るのが怖かった。だから僕は、逃げるように白鷺から離れる。顔も見ずに、そのまま走り出した。

「隼斗くん！」

僕を呼ぶ声を無視して、家にたどり着き、自分の部屋に入ってベッドにダイブした。どうして、双葉は僕なんかを好きになったのか。どうして、僕はもう少し双葉のことを考えてあげられなかったのか。

冷たい言葉で双葉を拒絶した僕は最低な奴だと、自分を激しく嫌悪した。

僕は一体、双葉にどうしてあげればよかったのか。ただそれだけを考え日曜日を過ごしたけれど、その答えが得られることはなかった。

とても酷い話だと自分でも自覚しているが、どれだけ考えても双葉の告白を前向きに考えることなんてできなかったから。仮に僕が了承して付き合ったとしても、そんなのうまくいかないに決まっている。自分の気持ちを押し殺して双葉の気持ちを受け入れるのは、告白してくれた相手に対しても失礼なことだ。そんなこと、僕にできるわけがない。

そして一番悩んでいることは、どうして双葉をふったのか。その明確な理由が、僕の中ではっきりしていないことだった。ただ無意識に湧き上がってくる感情のままに、僕は双葉を拒絶した。やっぱり、僕は最低な奴なのだろう。

そうやって自分のことを卑下しても、月曜日が来れば学校に行かなければいけない。こんなことで、学校を休むわけにはいかない。僕は制服に着替えて、身支度を整えて、学校へと向かう。

その日は、双葉の家に寄ることはなかった。

第五章 「――」

休み明けの教室は、修学旅行の話題で賑わっていた。金閣寺が綺麗だったとか、清水寺にお参りに行ってきただとか。僕には関係のない話だから、今日もいつも通り机に突っ伏す。

そうして朝礼が始まる時間まで時間を潰そうとしていると、僕の肩を唐突に誰かが叩いてきた。ゆっくり顔を上げると、そこには坂本が立っている。

「よ、櫻井」

「あぁ、うん。おはよ。どうしたの」

「お土産渡そうと思って」

そう言って坂本がポケットから取り出したのは、小さな紙の袋だった。お土産という言葉に僕が面食らっていると、彼は突然両手を合わせて「悪りぃ！」と謝ってきた。

「……何が？」

「木刀買ってこようと思ったんだけどさ、タイミング悪くカナちゃん先生に見つかったんだよ。だから、買ってこれなかったんだ……」

「あ、木刀……」

冗談で言ったお土産を、まさか本気にしていたとは。そもそも、僕なんかにお土産を買ってくるはずがないと思っていた。

「……開けていいの？」

「ああ、気に入ってくれるか、わかんないけど」

僕は坂本がくれた小袋を丁寧に開いた。中から出てきたものは、黄金の剣に龍が巻きついている、中学生が買うようなストラップだった。

「な、ちょっとかっこよくないか？」

坂本が自身ありげに言ったから、僕は思わず吹き出した。そんな僕を見て、彼は少しムッとした表情を見せる。失礼だったと、僕は笑った拍子に溢れてきた涙をぬぐいながら反省した。

「いや、そんな笑うことないだろ」

「ごめんごめん。でも、選んでるときに高見から何か言われなかった？」

「高見には、なんか微妙な反応されたけど……男のお前になら、このよさがわかると思ったんだよ！」

「うん。まあ、かっこいいと思うよ」

そう言って、坂本が買ってきてくれたストラップを眺める。実際、かっこいいとは思う。けれど、中学生の頃の僕がもらったとしたらとても喜ぶが、これを高校生がどこかにつけるのは、ちょっとだけ恥ずかしい。

だけど僕が記憶している中で、家族以外の誰かから何かをもらうのは初めてのことだった。だから初めてもらったプレゼントは、思っていたよりも嬉しくて、一昨日双葉にぬいぐるみをあげたときも、こんなふうに同じ気持ちを抱いてくれていたのかもしれないと思った。

「ありがと、坂本」

お礼を言ってから、僕はそのストラップを通学カバンにつけた。やっぱりちょっとだけ恥ずかしいけれど、わざわざ買ってきてくれたのだから、つけないのはもったいないし失礼だ。

「なんか櫻井さ、少しだけ自然に笑えるようになったよな」

「えっ？」

「そんな気がして。なんかいいことあったか？」

「いや、特に……」

そう返事をして、僕はすぐに誰かの視線に気づいた。あたりを見渡してみると、教室の入り口でドア枠を掴みながら、じっとこちらを見つめている白鷺の姿を見つける。坂本と話していたから、気を使ってくれているのだろうか。

「いいことかどうかはわからないけど、変な奴に付きまとわれるようにはなったかな」

「なんだそれ」

「いや、なんでもない。ごめん、ちょっと用事ができたから行ってくる」

「あ、そうなん？」

僕は先ほどの坂本と同じく、両手を合わせて謝罪する。そうすると、彼は「気にすんなよ」と言って笑った。

「多分その変な奴のおかげで、櫻井は変わったんじゃない？」

「そうなのかな？」

「初めて会ったときより、だいぶ話しやすいから」

だとするならば、僕は白鷺によって何かが少しだけ変わってしまったのだろう。それがいいことなのか悪いことなのかはわからないけれど。

僕はそれから、白鷺の元へと向かった。そして、いつもの通り屋上のドアの前に向かおうとしたとき、ちょうど今登校してきた高見とばったり出くわしてしまう。

「あ、櫻井くん。おはよ」

「あ、うん。おはよ」

「ねえ、今ちょっと時間いい？」

そう聞かれて、僕は教室に掛けられている時計で時間を確認した。高見には悪いけれど、朝礼までにそこまで時間はない。

「ごめん、用事があるからまたあとでもいい？」

「いいけど。もうすぐ朝礼始まるよ？」

「朝礼までには帰ってくるから」

僕は高見にそれだけ言い残して、いつもの場所へと向かった。その道中「ごめん隼斗くん。ふたりと話してたのに」と白鷺は謝ってきたが、「気にしないで」と小声で返す。僕らはいつものように、屋上へと続く階段を上った。

屋上へと出るための扉には、依然立ち入り禁止の貼り紙が貼られている。ドアノブを回してみても、しっかり鍵が掛かっているようだ。試しにガチャガチャと強引に弄ってみても、今日は鍵が開かない。どうやらこの数日中に、壊れていた鍵は直されてしまったようだ。もう、屋上に出ることはできない。

そもそもこんな場所まで上ってくる生徒はいないから、屋上へ出ても出なくても変わりがないけれど。

そして白鷺は、僕に対して怒ってくるのかと思っていた。大切な親友を、何も考えずにふったのだから。もう少し、言いようはなかったのかと叱ってくると予想していた。そして非難されたとき、甘んじて彼女の叱責を受け入れるつもりでいた。

けれど白鷺は僕に向き合って、怒りの感情なんてひとつも見せずに、ただ申し訳なさそうに眉根を曲げていた。

「もしかして、初音ちゃんと一緒にいるの嫌だった?」

「……えっ?」

予想もしていなかったその言葉に、僕は戸惑う。今までしつこいくらいに双葉をどうにかしてほしいとお願いしてきたのに、今さらこんなにも弱気な態度を見せるなんて。

「なんだか、無理させてたのかなって思って。隼斗くんは優しいから、なんだかんだ文句を言ってもやってくれるのかなって。でも、なんか、本気で嫌だったのかなって思っちゃって……」

「いや、そんなことは……」

僕が双葉をどうにかすることで、死んでしまった白鷺が安心できるのなら、多少の苦労は構わないと今は思っている。最初こそ、小蒔のことを知るために白鷺と関わるようになったが、いつのまにか僕の目的はふたつに増えていた。

「こんなこと言うのは、駄目なんだと思うけどね……」

とても言いづらそうに、そう前置きをしてから、白鷺は言った。

「多分隼斗くんは、初音ちゃんのことがそれほど好きじゃないんだと思う」

白鷺にはっきりそう言われて、僕はすぐに何かを言い返すことができなかった。なんとなく、薄々感づいてはいたから。いつも僕は、白鷺が満足するために行動していた。全てが丸く収まったとき、僕は双葉から距離をおくつもりでいた。そして告白されたとき、僕は考えなしに彼女のことをふった。

おそらく、白鷺の言っていることに間違いはなくて、僕は双葉のことを心のどこかで少なからず負の感情を抱いているのだろう。けれど僕は未だに、そんな感情を抱いているのかわからずにいた。

「ごめんね、隼斗くん」

そう言って、白鷺は不器用に笑った。

「なんとなく、前から気づいてたの。でも、ずっと言い出せなかった。隼斗くんが、初音ちゃんのことを好きになってくれたらなって思ってたから」

「そんなの、関係ないだろ。双葉のことが好きか嫌いかなんて。僕は、白鷺の後悔をどうにかしてあげたくて――」

そこで僕は思わず、出しかけた言葉を引っ込めた。階下のほうで、誰かが動く足音のようなものが聞こえたから。聞き間違いなんかじゃなければ、誰かがいる。僕はそう確信していた。

「……隼斗くん、どうしたの？」

白鷺が、不安そうにたずねてくる。けれど僕の意識は、階下のほうに注がれていてそれどころじゃなかった。今の会話を、聞かれていたかもしれない。喉がカラカラに乾いて、心臓の音が痛いくらいに鼓動する。

そうしてじっとしていると、その足音の主はようやく姿を現した。恐る恐る、高見葵は階下から僕のことを見上げてくる。僕はその視線に射抜かれて、動き出すことも口を開けることもできなかった。

「……ごめん、今までの会話、途中から聞いてた」

「葵ちゃん……？」

白鷺は高見にそうたずねる。けれど、高見は白鷺の声に反応を見せない。ということは、見えてはいないのだろう。けれど僕は、はっきり口にしてしまった。白鷺という名前を。

「ねぇ、結衣。そこにいるの……？」

懇願するように、高見は誰もいない空間に声を投げる。結衣。白鷺結衣は、僕の服の袖を掴んで、言った。

「……お願い、隼斗くん。葵ちゃんに、ここにいるよって言ってあげて」

それは駄目だと、本能が告げていた。死んだ人が、生者に介入してはいけない。本来、介入できるはずがないのだから。自殺した人の本当の理由を知ることができないように、生きた人間は死んだ人間と話すことなんてできないんだ。

「お願い、隼斗くん……！」

白鷺は僕の服の袖を、痛いくらいに強く引っ張ってくる。それでも僕は、口を開くことをしなかった。そんなふうにじっとしていると、今度は高見がこちらを見つめてくる。

「……櫻井くん、そこに、結衣がいるの？」

僕は、何も答えなかった。何も答えずにいると、高見は階段を一歩一歩上ってこちらへと近付いてくる。そうして悲痛な表情を浮かべながら、高見は僕の手を取った。

「お願い、櫻井くん……！　結衣と、結衣と話したいのっ！　謝らなきゃいけないことが、あるからっ……！」

『お願い、櫻井くん……！』

高見の懇願する声が、耳からも頭の中からも鳴り響いてきて、僕はどうにかなってしまいそうだった。それでも僕は、何も口にはしなかった。

黙りこくっていると、高見はついには泣き出してしまう。僕はそれを、冷めた目で見つめていた。だって、おかしいじゃないか。僕だって小蒔に会いたい。会って話したいことがたくさんあるのに、会うことができない。そうだというのに、生きた人間が死んだ人間に干渉するなんて、ありえない。

そして僕の頭の中には、依然高見の心の声が溢れている。いい加減この手を振りほどきたかった。けれど、彼女は僕の手を掴んで離そうとはしなかった。

「わたっ……私が最初に結衣の悪口を、みんなに広めたの……！」

『だってそうしないと、坂本が結衣に取られちゃいそうだったから……！』

「ずっと、結衣に謝りたかった……！　でも全然言い出せなくてっ……！　私、ずっとずっと、卑怯者だった……死んじゃうなんて、全然そんなこと考えてすらいなかったの……！」

僕はその高見の懺悔を、ただ冷めた心で聞いていた。泣いて、喚いて、床に膝をついて泣き崩れても、僕はただ黙って高見のことを見下ろしていた。

「お願い、隼斗くん……！　葵ちゃんのせいなんかじゃないよって、言ってあげて！」

でもそんなことを言ったって、白鷺がいじめの標的にされたのは、高見が根も葉もない噂を周りの奴らに吹き込んだからだ。それが決定打じゃなかったとしても、白鷺のことを追い詰めた原因であることに変わりはない。

僕は、高見のことが許せなかった。卑怯者だ。謝るタイミングなんて、いくらでもあったというのに。だから僕は、努めて冷たい声をつくって言ってやった。

「最低だよ、高見は」

そう吐き捨てるように言って、僕は泣き崩れる高見から離れた。階段を下りて、もう授業を受ける気にもなれなかった僕は、そのままカバンも持たずに昇降口で靴を履き替え学校を出る。今しがた登校してくる生徒に訝しげな視線を向けられたが、構う気になんてなれなかった。

そうしてただ闇雲に歩いていると、僕の手を誰かが掴んでくる。一瞬びくりとしたが、心の声は頭の中に響いてこなかった。

「待ってって……！　さっきから言ってるのに……！」

息を切らしながら僕の手を掴んでいたのは、先ほどまで一緒にいた白鷺だった。こんなところまでついてきていたなんて、全然気づかなかった。

僕はさっきの出来事を思い出し、もう白鷺のそばにいられないと悟って、その手を振りほどこうとした。けれど白鷺は、固く握り締めた手を決して離そうとはしない。しまいには両手で握り締めてきて、僕の手に微かな痛みが走る。

「……離せよ」

「やだ、こっち来て」

白鷺はそう言うと、僕の手を掴んだまま近くの公園へと歩いていった。引きずられるようにあとをついていくと、白鷺は投げ捨てるように僕をベンチに座らせる。

「ちょっと、何す――！」

反抗の言葉は、最後まで声にすることができなかった。白鷺は僕をベンチに座らせたかと思えば、唐突に腕を首の後ろに巻きつけて抱きついてきた。僕は慌てて、本気で彼女のことを振り払おうとするが、体重をかけられているせいで身動きを取ることができなかった。

諦めて力を緩めると、白鷺は囁くように僕の耳元で呟いた。

「ごめんね、隼斗くん……」

「どうして、白鷺が謝るんだよ」

「私のせいで、隼斗くんにたくさん迷惑かけちゃってるから」

別に、白鷺が悪いわけじゃない。むしろ僕が白鷺に迷惑をかけていて、謝らなきゃいけないのはこちらのほうだ。

「白鷺は、怒らなきゃ駄目だろ……」

高見が白鷺のことを傷付けて、僕が白鷺の友達である高見のことを傷付けて。どうして高見や僕に怒ろうとしないのか、理解できなかった。

「私は、怒らないよ」

「……高見が噂を広めてたってこと、知ってたから？」

「ううん、さっき初めて知った。ちょっと、びっくり」

「……僕は、高見のことを傷付けたんだよ」

「それは、私のことを心配してくれたからだよね。それに、私の代わりに隼斗くんが怒ってくれたから。だから、もういいやって思えたの」

僕は勝手にひとりで怒っただけで、白鷺のことなんて考えていなかった。勝手にひとりで暴走して、高見のことを傷付けたんだ。

それから白鷺は、冗談めかして笑った。

「でもね、もし生きてるときに知ってたら、私は葵ちゃんに怒ってたと思う。そんな卑怯なことをしないでって。そんなことより、ちゃんと坂本くんに告白しなよって。それでもね、結局私は葵ちゃんのこと、許しちゃうんだよ。大切な友達だから」

冗談みたいに白鷺は言うが、僕には少しも笑うことができなかった。どうして笑うことができるのか、理解できなかった。

「それじゃあ、なんで……なんで白鷺は死んじゃったんだよ」

「それは前にも言ったけど、私の心が弱かったからだよ。葵ちゃんは全然関係ない。ただ、いろんなタイミングが悪かっただけ」

「なんで、白鷺はそんなに優しいんだよ……」

「私より、隼斗くんのほうがずっと優しいよ」

「そんなこと、ない……」

僕が白鷺より優しいなんて、そんなことはありえない。僕はただの根暗で、自分のことしか考えていない奴だから。そうだというのに、白鷺は僕の言葉に同意をせず否定した。

「ううん。ずっと、優しい人なんだなって思ってた。だってあなたは、今まで一度だって自分のために力を使ってこなかったんだもん。ちゃんと相手のことを考えて、傷付けてしまうってわかってるから。そんなあなただから、私は初音ちゃんのことをお願いしたの」

　違う。それは、僕が臆病だったからだ。真実を知ってしまうのが怖かったから、周りの人間を遠ざけたんだ。その中に、優しさなんて微塵もこもっているはずはない。

「それに、嘘もつかないよね。自分が傷付いたから、ほかの誰かには決して同じことをしない。当たり前のことだけど、それはとっても難しいことなんだよ」

　凍っていた心を優しく溶かしていくように、白鷺は僕の耳元で囁く。

「葵ちゃんを傷付けたこと、隼斗くんは後悔してるんだよね」

「後悔なんて……」

「じゃあ、どうして泣いてるの？」

　白鷺に言われて、ようやく気がつく。さっきから声が震えていて、いつのまにか涙が溢れていた。とめどなくそれは溢れ続けて、頬を濡らしている。僕は、ようやく自分自身の気持ちに気づいた。気づいてしまってからは、ぽつぽつとこぼれ落ちるように言葉が漏れていった。

「高見が白鷺を傷付けたことが、許せなかったんだ……でも、僕にはあんなことしかできなかったから……傷付けることしかできなかったから……もっと、やりようがあったんじゃないかって……」

「仕方ないよ。人間だもん。間違いは、誰にだってあるよ」

「……でもさ、僕、最低だから。高見に嫉妬してたんだ……僕は小蒔と会えないのに、どうして高見は白鷺と話せるんだって……そう考えたら、高見を助けてあげることなんて、できなかった……」

「それも、人間なんだから仕方ないよ。誰かを羨むことは、全然おかしなことじゃないよ」

それから白鷺は、優しく包み込むように頭を撫でてくれる。僕は、どうして白鷺に慰められているんだろう。高見のことを傷付けた、酷い奴なのに。双葉のことを傷付けた、最低な人間なのに。

「ねぇ、白鷺……」

僕はまた吐き出すように、同じ言葉を呟いた。

「なんで、自殺なんてしたんだよ……」

生きている君と、会いたかった。君がちゃんと生きてさえいてくれれば、全てが変わっていたのかもしれない。きっと高見とだって和解できたし、双葉だって今みたいに傷付くことはなかった。坂本は本心を告げられていたかもしれない。

そして僕は、生きている君と、くだらないことで笑い合いたかった。今まで僕と白鷺ができなかったことを、ひとつひとつ一緒に体験していきたかった。そうすれば、高見とも坂本とも、双葉とだってもっと普通に接することができたかもしれないのに。

白鷺がこの世界から消えてしまったら、きっと僕はまたひとりになる。そのことを考えるのが、たまらなく辛かった。けれど白鷺は、そんな僕の心を読み取ったのか、また優しく語りかけてきた。

「この先、生きるのが辛くなったら、私のために生きて。また私と会えたときに、こんな楽しいことがあったんだよって、教えてほしいの」

「そんなこと、できるわけないだろ……」

「私がいなくなっても、またきっといつか会えるよ。だって強く願えば、そんな些細なことぐらいは、叶うかもしれないから」

それは、いつかの僕が白鷺に語った言葉だった。

「きっと、またいつか会えるよ。生きてさえいれば、きっと会える。私が保証する」

「なんだよ、それ……」

その全く根拠のない言葉に、僕は思わず苦笑した。それにつられたのか、白鷺もくすりと笑った。

「でもその前に、隼斗くんは葵ちゃんに謝らなきゃね。私が仲立ちをお願いしたのに、無視して泣かせちゃったんだから」

「それは、ごめん……もしかして、本当は怒ってる……？」

「そりゃあ、少しは怒ってるよ。友達を泣かせちゃったんだから。隼斗くんだって、小蒔ちゃんのこと、泣かせたら怒るでしょ？」

「そこで小蒔の名前を出すのはずるいだろ……」

そう言うと、白鷺はまた声を出して笑った。あんなに気持ちが沈んでいたというのに、いつのまにか僕の心はすっと軽くなっていて、やっぱり白鷺は優しい人なのだと改めて実感した。一緒にいると、いつのまにか明るくなってしまう。白鷺には、そんな不思議な力があるのかもしれない。

それからようやく白鷺は、僕から離れた。

「それじゃあ、今すぐ学校に戻ろっか。葵ちゃんと仲直りしよ」

「……今から行くの？」

「当たり前だよ。ほら、つべこべ言わず立って」

白鷺はやや強引に僕の手を掴んで、ベンチから立たせてくれた。

「隼斗くんのせいで、また心残りができちゃったんだからね。大切な友達が仲直りするまで、私はいなくなるわけにはいかなくなったから」

その白鷺の言葉を聞いて、僕の心に急に暗雲が立ち込めた。途端に不安になった僕は、すがるように彼女にたずねていた。

「突然いなくなったりなんてことは、しないよね……？」

小蒔のときのように、目覚めたときに僕の近くからいなくなっているのは、もう嫌だった。そんな僕の気持ちを汲み取ってくれたのか、白鷺は安心させるように優しく微笑む。

「大丈夫だよ。いなくなるときは、ちゃんと言うから。安心して」

白鷺はそう言ってくれるが、心の底から安心することなんて、僕にはできなかった。幽霊だから、いつ満足して成仏してしまうかわからない。成仏してしまったら、きっと二度と会うことはできない。だからせめて、最後のお別れだけはしっかりしておきたいと、僕は思った。

そのあと、遅れて僕らは学校へと戻ったが、すでに授業は始まってしまっていた。さすがにそんな中にひとりで入っていく勇気はなかったため、ちらと覗くだけ覗いて僕は教室を離れた。授業で静まり返っている廊下を歩いているとき、白鷺は小声で僕に話しかけてきた。別に、白鷺はどれだけ大声を出しても周りに気づかれないというのに。

「葵ちゃん、教室にいなかったね」

高見のことだから、どんなことがあっても授業には出席すると思っていた。けれどさっき覗いた教室の中は、高見の席が空席になっていて、僕と白鷺は少し不安になった。一応保健室も覗いてみたが、高見が休んでいる様子はなかった。僕は途端に不安になり、怒られることを覚悟して加波先生がいるかもしれない美術準備室へと向かう。

そうして向かった先にはタイミングよく加波先生がいて、生徒が描いた絵をじっくりと見ていた。先生は僕に気がつくと、むっとしたりせずに優しく微笑んできた。

「櫻井くん、授業はどうしたの?」

「あ、いや……あの、間に合わなくてサボりました……」

「正直でよろしい」

加波先生はそう言うだけで、特に怒ったりはしなかった。だから僕は、恐る恐る加波先生に「あの、怒らないんですか……?」とたずねる。すると、やはり加波先生は微笑みながら「そういう日もあるよね」と言うだけで、怒ったりはしてこなかった。

そんな先生の優しさに、隣にいた白鷺も少なからず驚いたようで、「カナちゃん先生、優しいね」と例のごとく小声で言った。

「ところで、こんな時間にどうしたの?」

改めて加波先生はそうたずねてきて、僕は迷ったけれど素直に包み隠さず話すことにした。

「さっき、高見と喧嘩したんです……それで、泣かせちゃって……謝りたかったんですけど、教室にも保健室にもいなくて……」

「うん、知ってる。高見さんが泣いてる声、こっちまで聞こえてきてたから」

「……え？」

「ここ最上階だし、生徒の教室がないから結構話し声とか響くんだよね」

そう言って、加波先生はにっこりと微笑んだ。僕は、急に背筋が寒くなる。さっきの高見との会話を、全部加波先生に聞かれていたかもしれない。そうなれば、白鷺のこともごまかす必要がある。

けれど、そんな心配は杞憂だった。

「あっ、安心して。ふたりの会話は聞いてないから。ただ、多分櫻井くんが離れた後のことなんだけど、高見さん大泣きしてたから」

「あぁ、そうだったんですか……」

「うんうん。女の子を泣かせて放っておくなんて、櫻井くんも悪い男の子だねー」

「すみません……」

加波先生に謝罪をしてから、僕は本当に謝るべき相手を間違えていると気づいた。先生にどう思われていたとしても、そんなのは関係ない。僕はほかでもない高見に謝らなければいけないのだから。

「あの……高見が今どこにいるか、知ってますか？」

「授業をまともに受けられる状態じゃなさそうだったから、今日はお家に帰らせたわよ」

ろう。

「そうですか……」

できることならば今日のうちに謝りたかったが、学校にいないのならば仕方がない。あとで麻帆のラインで今日のうちに謝ることもできるが、それはなんだか違う気がする。やはり、次に高見が学校へ登校したときを見計らって、謝罪をしたほうがいいだろう。

そう心の中で決意を新たにしていると、加波先生はくすりと微笑んだ。僕が首をかしげると、先生は理由を説明してくれる。

「喧嘩するほど仲がいいって言うけれど、本当なんだなって思ってね」

「……どういう意味ですか？」

「高見さんも、櫻井くんに謝りたいって話してたから」

別に、高見が悪いわけではないというのに。あれは、僕が白鷺の言っていることを高見に伝えなかったから起きたことで、やっぱり彼女が悪いわけではない。

「無事に仲直りできるのを、祈ってるわよ」

「ありがとうございます」

僕は最後にお礼を言って、美術準備室を出た。すぐに白鷺は「よかったね」と言って、微笑みを向けてくる。僕は少しだけ気が楽になりつつも、まだ解決してない問題がひとつだけあるのだと気を引き締めた。

双葉にも、僕は謝らなければいけない。こんな僕に好意を向けてくれたというのに、それをただ冷たく拒絶してしまった。ありがとうと言って、もっと真剣に双葉のことを考えてあげるべきだった。

そのことを謝らなきゃいけないけれど、僕はまだ、双葉をどう捉えているのか自分自身でもわからずにいた。白鷺の言うように、僕は双葉のことがそれほど好きじゃないのか。それとも、ただ興味がないだけなのか。この複雑な気持ちに決着をつけなければ、双葉と顔を合わせるわけにはいかない。

そう、考えていたのに。僕の不意をついて、彼女は突然目の前に現れた。

双葉は、屋上から続く階段を、ちょうどこちらに下りてくるところだった。僕は突然の遭遇に驚き、文字通り言葉を失った。

「あっ、初音ちゃん……」

その白鷺の言葉で、双葉がこちらに気づいたわけではないのだろう。彼女はただ前に立っていた僕に気づいて、伏し目がちだった両目を大きく開いた。お互いにこんなところで会うなんて、露ほどにも考えていなかったのだろう。ふたりとも、その場に立ち止まってしまった。それでも、何か話さなければと思った僕は、無理やり双葉に対して口を開いた。

「……どうしたの、こんなところで」

そうたずねると、双葉はまた視線を俯かせて、囁くように呟いた。

「ちょ、ちょっと、気分が優れなくて……風に当たりたかったんです……」

「そうなんだ……」

「でも、鍵が閉まってました……」

それは、高見が教師に鍵が壊れていると報告したからだ。

「あの、失礼します……」

そう言って、双葉は足早に僕の前を通り過ぎ、階段を下りていこうとした。その彼女の不自然な行動を見て、僕は無意識に双葉のことを呼び止めていた。

「ちょっと待って！」

僕の言葉に、双葉は立ち止まる。

「授業、出ないの？　二限目から」

「……体調が優れないので、保健室の先生に言って早退させてもらいます」

「そう……」

「それじゃあ、失礼します……」

そう言い残して、今度こそ双葉は逃げるように階段を下りていった。その音が聞こえなくなった頃、白鷺は僕の服の袖を優しく引っ張ってくる。そうして、うかがうように聞いてきた。

「やっぱり、初音ちゃんのことが苦手？」

なんと答えるべきなのか迷ったが、僕は隠さずに正直な気持ちを答えた。

「少なくとも、よい印象は持ってないんだと思う。この前のことを謝らなきゃとは思うんだけど、なかなかその気持ちがまとまらなくて……」

こんなこと、双葉の親友である白鷺に言うべきではない。けれど僕は、自分の正直な気持ちを知ってほしかったし、白鷺に対してなるべく隠し事をしたくなかった。

「そっかぁ。初音ちゃんのこと、少しは好きになってほしいんだけどな」

「そもそも、僕ってそんなに双葉のことを知らないんだよ」

「じゃあ私が教えてあげる。初音ちゃんはね、恥ずかしいことがあるとすごく顔を真っ赤にしてかわいいんだよ！」

今は割とどうでもいいそんな情報に、僕は苦笑いを浮かべる。

それにしても、どうして双葉は屋上を選んだのだろうと思った。外の空気を吸いたいのならば、一階の昇降口から外へ出るだけでいいのに。

それに、どうして今まで学校に来られなかったのに、今日は登校する気になったのか。双葉の中で心境の変化があったのかもしれないが、僕は何かに些細な引っかかりを覚えている。その正体が何なのかわからなかったが、おそらく白鷺も同じことを感じているのだろう。彼女は、双葉が下りていった階段を、ただじっと見つめていた。

その妙な胸騒ぎは、二限目の授業が終わっても消えてくれることはなかった。

二限目の授業が終わったあと、坂本がこちらへとやってきて、「今日は高見も帰ったし、双葉も欠席か」と言ってつまんなそうにしていた。

何かが気になった僕は、三限の授業が始まる前に保健室へと向かった。そこで担当の先生に、「双葉初音さんの調子はどうでしたか？」とたずねると、今日は保健室に来てないですよと教えられた。

どうして双葉は、早退すると言ったのに保健室の先生へ報告しなかったのか。僕は胸に抱いていた疑惑が、確信に変わっていくのを感じた。保健室から出たときに、ちょうど昇降口のほうへと向かっていた白鷺を僕は見つける。向こうも僕に気づいて、足早にこちらへと歩み寄ってきた。

「……今から、初音ちゃんの様子を見に行こうと思って」

「僕も、同じこと考えてた」

お互いの目的を確認し合った僕らは、一度頷き合って三限目の始まる学校から走り出した。

今日初めて会ったときに、どうして双葉が屋上へ向かっていたのか僕は疑問に思った。わざわざ屋上まで行って風に当たる必要がないことに、僕はもっと疑念を抱くべきだった。

坂本が、双葉は今日は欠席だと言っていた。保健室の先生は、一度もここには来ていないと言っていた。だとしたら、どうして双葉はあのとき、何も荷物を持っていなかったのか。それこそ、わざわざ手ぶらで学校に来るのは不自然だ。

双葉の家に着いた頃には、僕らの息はもう切れ切れだった。けれどこの心配が杞憂だと思いたくて、呼吸を整える前に双葉家のインターホンを鳴らした。

けれど、いつまで待ってもスピーカーから誰かの声が聞こえてくることはない。そこで白鷺は、何を思ったのか家のドアに手をかけて、静止の言葉をかける間もなく腕を引いた。するとドアは鍵がかかっていなかったのか、簡単に開いてしまった。

「……鍵もかけずに出かけたのかな？」

「違う……初音ちゃんの靴、玄関にあるから」

白鷺の言う通り、それが双葉のものなのかはわからないが、玄関には一組の靴が乱雑に脱ぎ捨てられていた。僕はそれを見て、心臓の鼓動が速まるのを感じる。

それでも僕は動き出すことができなくて、代わりに白鷺が何かに取り憑かれたように家の中へと走っていった。立ち止まったまま、どうか悪い予感が消えてくれと願い続けても、最悪の予想は頭の中から消えてはくれなかった。

そうしてしばらくしてから、白鷺の悲鳴が家の中に響き渡った。そこでようやく僕の足は動き出す。悲鳴の聞こえてきた場所は、一度入ったことのある洗面所のほうだった。

僕はバタバタと廊下を走り、洗面所へと入る。そこと繋がっている浴室から、湯を張る音が聞こえてきた。耳の奥まで鼓動が響き渡り、手足は震えて、喉の奥がカラカラに乾き出す。

そうして僕は、白鷺がいるのであろう浴室へと足を踏み入れた。

「…………隼斗くん！」

僕はその光景を見て、体が固まった。蛇口から水が垂れ流され続けていて、溢れた赤色混じりのそれが排水溝へと流れ続けている。その浴槽に右腕だけを沈めて、双葉はぐったりとしていた。

床には、同じく赤く染まった鋭利な剃刀《かみそり》が落ちていて、それを見た僕は彼女に近寄った。

「……双葉！」

僕は何のためらいもなく、双葉の右腕を掴んで浴槽から引き出した。そうして頭の中に、双葉の心の声が聞こえてくる。そのあまりに残酷な心の中の叫びに、僕は一瞬目がくらんだ。何度も何度も頭の中に『死にたい』という言葉が流れ続け、僕は自分自身を見失いそうになってしまう。

思わず手を離してしまいそうになったが、手首の傷に気づいて、僕は踏みとどまることができた。その傷から赤い血が溢れ出していて、とりあえずそれを塞ぐものがないかと僕はあたりを見渡す。

そして双葉の制服のポケットから、あのとき白鷺が返したハンカチが覗いているのを見つける。僕はそれを手に取り、彼女の傷口へと押し当てた。

「双葉っ！　おい、双葉!!」

僕が震える声でそう呼びかけると、双葉は微かに瞼を持ち上げて、ただひとこと「ごめん、なさい……」と呟いた。僕は、頭の中に響いてくる『死にたい』という言葉が、どんどん細くなっていくのに気づく。

白鷺は涙を流しながら、横で震えるように固まっていた。そんな彼女に、僕は「今、救急車を呼ぶから、傷口を押さえてて！」とまくしたてるように言った。けれど彼女は首を横に振って、恐る恐る双葉に手を伸ばす。その手の指先は、双葉の体に溶けるように消えていく。

「私、さわれないの……！　どうすればいいの……？　私、私……！」

「このハンカチならさわれるだろ！　早くしないと手遅れになるぞ！」

思わず怒声を浴びせると、白鷺は体をびくりと震わせたあとに僕の持っていたハンカチに手を添えた。そのハンカチだけは白鷺の指先を認識して、床に落ちることはない。そのことに安堵したのか、白鷺は震える手で双葉の傷口を強く押さえつけた。

「初音ちゃん……！　大丈夫だから、大丈夫だからね……！」

僕はそれから双葉の家の中を走り回り、一階の居間に固定電話が置いてあるのを見つけた。その電話を使って救急車を呼ぶと、まもなくしてサイレンを鳴らしながら救急隊が駆けつけてくれた。

血が抜けて冷たくなっている双葉は担架に乗せられ運ばれていき、家を留守にしている家族の代わりに僕が付き添いとして救急車に乗った。幽霊である白鷺もこっそりと救急車に乗り込み、僕の隣で膝に顔を埋めながら泣いている。そんな取り乱している彼女がいたからか、僕は終始冷静でいられた。

白鷺は何度も何度も「初音ちゃん、大丈夫だよね……？　助かるよね……？」と僕にたずねてくる。そんな彼女に、僕は何度も「きっと大丈夫だよ」と、励ましの言葉をかけ続けた。

病院へ担ぎ込まれた双葉はすぐに治療室へと運ばれていき、遅れて駆けつけてきた双葉の両親に僕は何度も何度も頭を下げられた。

けれど、双葉を追い詰めた責任の一端が僕にあるとわかっていたから、素直にお礼を受け取ることはできなかった。

そのあとも病院に残っていた僕は、双葉初音が一命をとりとめたという話を、双葉の母親から伝えられた。その報せを聞いた白鷺は、今度は安堵の涙を流して僕に抱きついてくる。

こんなどうしようもない奴でも、誰かの命を救うことができた。その事実に遅れて気付き、僕はようやく張り詰めていた糸が切れて、気づけば涙を流していた。

双葉と話をしたかったが、気づけば面会時間は過ぎていて、僕は仕方なく家へ帰るしかなくなった。双葉の母親が帰りのタクシーを呼んでくれて、泣き疲れて気持ちよさそうに眠っている白鷺を背中に背負い僕は車に乗り込んだ。

しばらくしてから家に着いてタクシーから降りると、ようやく白鷺は目を覚ました。

「……ここ、どこ？」とかわいらしい声で寝ぼけたことを言う彼女に、僕はくすりと笑みをこぼす。

「僕の家の前だけど」

「……隼斗くんの家？」

「白鷺、病院で眠っちゃってさ。とりあえずここまでおぶってきた」

それから僕は一度頬をかいて、その提案をした。

「それでさ、今日は家に泊まっていきなよ」

「……え？」

「きっと、疲れてるでしょ？」

「そんな、いいよ。迷惑かかっちゃうし」

「幽霊ひとり泊めるだけなんだからさ、迷惑なんてかからないよ」

「……そう？」

頷くと、白鷺は微かな声で「ありがと」と言ってくれた。

家の中に入ると、リビングから出てきた母さんにばったりと出くわす。遅くなった理由を話そうとしたが、それよりも先に母さんは「いつのまにか、ずいぶんと大きくなったんだね」と言って笑顔を浮かべた。思わず首をかしげると、「双葉さんのお母さんから、全部聞いたよ」と教えてくれた。

それから母さんは「おかえり、隼斗」と言って、僕の頭に優しく手のひらを置いてくる。その際『自慢の息子だよ』という言葉が頭の中から聞こえてきて、僕は思わず視線を俯かせた。

母さんがリビングへ戻ると、白鷺は僕の服の袖を軽く引っ張ってくる。

「お母さん、とってもいい人だね」

「そうかな」

「隼斗くんの優しい理由が、わかった気がする。きっと、お母さんに似たんだね」

そんなことを言われたのは初めてで、そもそもそういうことを言ってくれる人がいなかったから、僕は返事に戸惑った。けれど純粋無垢な白鷺の笑顔を見て、素直にその言葉を受け取っていいのだということを思い出す。白鷺は、もう決して嘘をつかないから。

「ありがと」

僕が照れ臭くなりながらもそう言うと、白鷺は「どういたしまして」と言って笑った。

「……白鷺のお母さんは、どんな人だったの？」

その話を聞いてもいいのか迷ったが、僕の中の好奇心が勝ってしまった。

「うーん。教えてもいいけど、櫻井くんがお風呂に入ってご飯を食べてからにしよ？」

「わかった」

そうして僕は、先にお風呂に入って夕食の席に着く。けれど白鷺はリビングに立ちっぱなしで、それがなんとなく嫌だった僕は、椅子をもうひとつだけ持ってきて彼女に座らせた。

別に、家族に何を思われても、今日だけは構わなかった。

そのあと、僕の部屋にやってきた白鷺は、借りてきた猫のように急におとなしくなり、部屋の隅っこのほうで遠慮がちに佇んでいた。僕が首をかしげると、彼女は照れ臭そうに微笑みながらその理由を教えてくれる。

「あんまり、誰かの家にお邪魔したこと、なかったの。男の子の家に来たのは、本当に初めてで」

「あぁ、そうなんだ。全然気にしなくていいよ。そこのベッドに座ってよ」

「うん、そうする」

僕も、いつも勉強するときに使っている椅子に座って、白鷺に向き合った。

「ねぇ、隼斗くん」

「どうしたの？」

白鷺は一度姿勢を正してから、突然僕に頭を下げてきた。

「初音ちゃんを助けてくれて、ありがとう。きっと隼斗くんがいなかったら、本当に駄目だったと思う」

そんなお礼を、病院でも双葉のお母さんに言われた。

「そんな、褒められることじゃないよ。僕が、双葉を追い詰めちゃったんだから」

「それを言うなら、私が初めに初音ちゃんのことを追い詰めちゃったんだよ」

白鷺は、全てを後悔しているような儚い笑みを浮かべてしまう。僕は彼女に、そんな顔はしてほしくなかった。

「私、全然わかってなかった。友達が死んじゃったら、どれだけ傷付くのか。初音ちゃんが手首を切って衰弱してるとき、怖くて動くこともできなかった。助からないんじゃないかって怯えて、ただ自分のことを責め続けて、やっと気づいた。周りの人がどれだけ傷付くのか。自殺した自分は、全然わからないんだって。私はただ、わかったふりをしてた」

自殺をして死んでしまったら、もう二度と生きている人間と関わることはできない。それが死ぬということだ。泣いて喚くこともできず、その権利は剥奪される。

「……私がここにいるのは、友達を傷付けて死んでいった罰なんだと思う。これだけの酷いことをしたんだぞって、私にわからせるための」

「違うよ」

僕はそう言って、その言葉をはっきり否定する。

「白鷺はその手で、大切な友達を助けたでしょ。罰なんかじゃなくて、最後のチャンスをくれたんだよ。自分の友達を救うための」

白鷺は今、たしかにここにいる。大切な友達を救って、自分が犯した過ちを認めた。その全てが、罰であるはずがない。

仮にもしそれが罰だったなら、白鷺は僕に認識されることなく、ただ観測者として双葉を見守ることしかできなかったはずだ。

「ねぇ、白鷺」

今度は僕のほうから真っ直ぐ彼女に問いかける。あの日に聞けなかった真実を知るために。

「どうして、自殺なんてしたの？」

どうしても、知りたかった。それは興味本位なんかではなく、白鷺という女の子のことを理解したかったから。

そうしてこの世界でただひとり、彼女の罪を赦してあげたいと思った。白鷺は決して、弱い人間なんかではないから。

僕の問いに、白鷺は目を伏せた。視線を泳がせ、わずかに唇を開き「……もし知ったら、私のことを軽蔑すると思う」と、自信なげに呟く。僕は「軽蔑なんてしない」とすぐに答えた。

「私のこと、嫌いになると思う……」

「嫌いになんて、ならないよ」

その僕の本心が、伝わってくれたのだろう。白鷺は伏せていた視線を、こちらへと戻してくれた。

その目は不安げに揺れていて、彼女の臆病な内面を映すように唇が震えていたけれど、覚悟を決めてくれた白鷺は僕だけにその理由を話してくれた。

「――――」

白鷺のその真実を知って、僕はほっとした。白鷺は、弱い人間なんかじゃない。そして高見も双葉も、もちろん白鷺も悪くない。

そんなことでと笑う人もいるかもしれないが、僕は決して笑ったりしなかった。白鷺にとっては、それは死を選ぶほどに思い悩んだことなのだから。

「聞けてよかった」

ただひとことそう言うと、白鷺はこれまで堪えてきたものを全て吐き出すように、瞳から大粒の涙を流した。白鷺は子供みたいに僕に抱きついてきて、声を上げて涙を流す。どんなに泣いて叫んでも、この世界で彼女の声を聞くことができるのは、僕だけだった。

生きていたかったと叫ぶように、声を上げて泣き続ける。彼女のためにも、生きなければと思った。僕だけが、本当の白鷺を知っているから。

そうして、ふとした拍子に白鷺の頭が僕の頬に触れる。その瞬間僕の頭の中に、白鷺の声が流れ込んできた。

『もっと、みんなと生きていたかった……！』

どうして白鷺の声が聞こえてきたのか、僕にはその明確な理由がわからない。ただ感じたのは、僕にはまだやり残したことがあるということ。

それを果たさなければいけないと、僕は思った。

翌日、僕は学校を欠席して、双葉の入院している病院へと向かっていた。その途中、僕は昨日聞けなかった、白鷺の両親の話を聞かせてもらった。

全てを聞き終わった頃には病院の前に着いていて、僕は中へ入る前に「優しいお父さんとお母さんだったんだね」と、素直な感想を述べた。白鷺は、自分のことのように嬉しそうに笑みをこぼし、「ありがとう」とお礼を言った。

双葉と話をしたいと、事前に僕は双葉の母親には話している。そのため、ロビーで待ってくれていた母親と合流すると、双葉のいる病室まで案内してくれた。

母親は僕のことを、娘の彼氏か何かだと勘違いしたのだろう。僕を病室の前に案内すると、「それじゃあ娘のことをよろしくね」と言って、どこかへ行ってしまった。あれだけ頻繁に双葉の家を訪問していたのだから、勘違いされても仕方がない。

白鷺も、本当は一番に双葉に会いたいはずなのに、気を使ったのか「私はひとまず外で待ってるね」と言った。

僕はお礼を言ってから、双葉の病室をノックする。返事は聞こえなかったけれど、ドアをスライドさせて僕は中に入った。

双葉は病衣に身を包み、窓際のベッドに座ってじっと景色を見つめていた。けれど僕に気づくと、慌てて毛布を頭までかぶり、ダンゴムシのように丸まってしまう。

僕はそんな双葉を気にすることなく、ベッドのそばに置いてある椅子に座った。

「ねぇ、双葉」

そう問いかけても、返事はない。僕は勝手に話を続けた。

「……多分、右手がしばらく痛むと思う。すごく血が出てたから、もしかすると後遺症が残るかも」

昨日お医者さんから、もう少し発見が遅れていたら本当に命に関わっていたと言われた。それほどまでに深く自分の手首を切ったなら、しばらくは、もしくは数年間、手に違和感があるかもしれない。

僕は一度深呼吸をして、心を落ち着けた。それから、今日ここで双葉に伝えるべきことを、話し始める。

「双葉、僕も昔、大切な人が目の前からいなくなったんだ。その子は、双葉の大好きな白鷺と似てて、すごく元気で優しい女の子だったんだ」

僕を、暗闇から救い出してくれた女の子。初めて友達になってくれた、栗山小蒔という大切な人。

「だけど、彼女は心臓の病気にかかって、突然僕の前からいなくなったんだ。大人になるまで、いなくならないって約束したのに」

「……その人は、亡くなったんですか？」

「ううん、僕はまだどこかで生きてると思ってる」

車に轢かれてしばらく入院していた僕は、突然小蒔がいなくなったことが受け入れられなかった。母さんは、容体が急変して亡くなったと言っていたが、僕はそれを信じてなんかいなかった。

きっと、今もどこかにいる。僕は、そう信じている。

けれど、どれだけ大切な人でもいつか別れがくるのだということを知った僕は、それから双葉のように自分の殻に閉じこもって塞ぎ込むようになってしまった。今でこそ学校に通えているが、昔はショックで通えていないときもあった。

僕は、そんな自分のことが嫌いだった。再び小蒔と会えたときに合わせる顔がなくて、ずっとずっと自分のことを恥ずかしいと思っていた。そんな僕の今までを、包み隠さず双葉に打ち明けた。

そうして自分を振り返ったとき、あの日僕がどうして双葉のことをふったのか、その理由がわかった。それはすごく、簡単なことだった。

僕は、はっきりと、その理由を口にした。

「僕はね、多分双葉のことが嫌いだったんだと思う」

こんなにも明確に、相手を傷付ける言葉を吐いたのはおそらく初めてだ。

「鏡を見ているみたいだった。あの頃のどうしようもない自分を見ているようで、僕は双葉のことを好きになんてなれなかった。きっと、初めて会ったときからずっとそう思っていたんだと思う」

布団の中から、双葉のすすり泣く声が聞こえてくる。それが耳に入ってくるたびに、僕の心がチクリと棘が刺さったように痛み出す。それでもやめるわけにはいかない。今さら、目を背けるわけにはいかなかった。

「ねぇ、双葉。布団から顔を出してよ。はっきり、目を見て話そう」

そう言うと、双葉はわずかに布団の隙間から、涙で濡れた瞳を覗かせる。そんな、自分のことを好きだと言ってくれた双葉に、僕はあの日の答えを返した。

「ごめん、双葉。僕は、白鷺結衣にはなれないよ。誰かに依存するだけじゃ、駄目なんだ。自分の人生だから。自分の足と意思で、生きていかなきゃいけないんだ」

「……無理ですよ。私ひとりじゃ、生きていけない……」

「ひとりじゃない。学校へ行けば、みんながいるから。高見や坂本がいる。双葉にはまだ、白鷺の残してくれた友達がいるよ」

それに、僕だって。双葉が自分の足で生きてくれるならば、そのときこそは向き合ってあげられる。友達にだって、なれるかもしれない。そのためには、相手に依存するんじゃなくて、対等に向き合っていかなければならないんだ。

「……それに、白鷺だってきっとそれを望んでる。双葉に、生きていてほしいって思ってるよ」

「そんなの、ありえないです……私、結衣を傷付けてばかりだったから……！」

「だって私、口を開けば結衣に余計なことばかり言ってたんです！　周りから聞いた結衣の悪口を、わざわざ本人に伝えて……！　きっと私のせいで、結衣は追い詰められて、自殺したんです……！」

その話を聞いて僕は、以前双葉に言われた言葉を思い返していた。

――放課後、クラスメイトの方が言ってました……なんで、櫻井さんみたいな暗い奴が転校してきたんだって……。

あのとき、双葉はなぜか涙を流していた。また余計なことを話してしまったと、自分を責めていたのかもしれない。

双葉はきっと、自分を守ってくれる存在が欲しかったのだろう。きっと白鷺なら、そんなことをしなくても、双葉のそばからいなくなることなんてなかっただろう。双葉は、どうしようもなく不器用な人間なのだ。

白鷺は、自分が死んでしまってもなお、双葉のことを友達だと言っていた。きっとあの言葉と笑顔の裏側に、双葉を恨む気持ちなんてひとつも持ち合わせていない。

だから僕は、はっきりとそうじゃないと言うことができた。

「……白鷺は、それでも双葉のことを友達だって思ってたよ」

「そんなこと、櫻井さんにはわからないじゃないですか！　結衣のこと、何も知らないくせに！」

「わかるよ、白鷺のこと」

ここへ来るときに、白鷺からあることを言われた。もう、隠し事をしなくてもいいよと。だから僕は、双葉に隠していた真実を話すことにした。

「きっと白鷺がいなかったら、双葉はあのときに死んでた。白鷺が、助けてくれたんだよ。大切な友達に、生きていてほしいって思ったから、白鷺は君のことを助けたんだ」

「そんな、嘘ですよね……？」

「嘘なんかじゃない。僕が最初に双葉の家へ行ったのは、白鷺が借りてたハンカチを返すためだったんだから。ずっと、白鷺は双葉のことを見守ってた。そうして、口癖のように言ってたんだ。いつか、元気になってほしいって」

僕が伝えるべきことは、全て話した。これ以上あとのことは、双葉自身が決めなきゃいけない。今までと同じく自分の殻にこもるのか。全てを捨てて命を絶つのか。それとも、白鷺の死を受け入れて前に進むのか。

そして僕にも、あとひとつだけやらなきゃいけないことが残っている。確かめなきゃいけないこと。僕も、前に進むために。

全ての話が終わった僕は、椅子から立ち上がった。そして「それじゃあ、僕はもう帰るよ」と言って踵を返す。けれど、あとひとつだけ伝えたいことがあったことを思い出した僕は、ドアを開く前に一度だけ双葉のほうを振り返った。

「今度からは、友達の良いところを相手に伝えてあげなよ。そのほうが、ずっと幸せになれると思う」

僕はもう振り返ることをせずに、双葉の病室を出た。ずっと病室の前で待ってくれていた白鷺は、出てきた僕を見つけると、嬉しそうにこちらに近寄ってくる。

そうして僕に「お疲れ様」と言って、笑いかけてきた。僕は白鷺の望み通り、双葉を救うことができたのだろうか。それは、わからない。

けれど白鷺が満足したように「ありがとね、隼斗くん」と言ってくれたから、僕はそれ以上考えるのをやめた。何事も、前向きに考えなきゃいけない。きっと僕や白鷺がいなくても、双葉はいずれ自分の足で歩き出す。

そんな、気がした。


用事がすんだ僕は、ロビーから病院の外へ出ようとした。けれど受付のところで、うちの学校の制服を着ている生徒の姿を偶然見つけた。あそこにいる女の子が誰なのか、白鷺も察したのだろう。

白鷺は僕から離れ「私、先に帰ってるね」と空気を読むように言った。

「すぐ終わるから、待っててくれてもいいのに」

「隼斗くん、このあともやらなきゃいけないことが残ってるでしょ？」

考えていることを見透かすように、白鷺は僕の目を真っ直ぐと見つめてくる。

「私は学校にいるから、終わったら会いに来てよ。そのときに、全部話すから」

「全部？」

「うん、全部」

そう言って、白鷺はにこりと笑う。

「それじゃあ、わかった。気をつけて学校に行ってね」

「私、幽霊だよ。気をつける必要ないよね」

「それでも、気をつけて」

病院という空間が、僕の心を不安に掻き立てているのだろう。この空間は、嫌な思い出が多すぎるから。

白鷺は僕のことを考えてくれたのか、ふざけたりせず真面目に頷いてくれた。

「わかった、気をつけるね」

それから僕は、白鷺のことを見送った。

そうしてすぐに、受付にいる彼女の元へと向かう。ちょうど手続きが終わったところのようで、歩き出そうとしていた。彼女の名前を、僕は口にする。

「高見」

病院だから、高見を呼ぶ声は抑えめにした。僕の声にびくりと肩を震わせてから、彼女は恐る恐るこちらを振り返ってくる。

「……櫻井くん。来てたんだ」

「うん。今、帰るとこだったんだけど」

高見はなかなか僕と目を合わせてくれず、視線を泳がせていた。それは、当たり前だ。僕は彼女のことを傷付けたのだから。

だから昨日のことを謝らなきゃいけない。一度深呼吸して、僕は口を開こうとした。

「ごめんなさい！」

僕が謝ろうとしたのに、気づけば高見がこちらに頭を下げていて、出しかけた言葉は喉の奥に引っ込んでしまった。

「えっ、どうして高見が謝るの……？」

「私、身勝手すぎたから……結衣に酷いことしたのに、今さら謝ろうだなんて……本当は、直接謝らなきゃいけなかったのに、櫻井くんを巻き込んじゃったから……」

懺悔《ざんげ》するように呟く高見の瞳には、涙が滲んでいる。彼女が白鷺に酷いことをしたのは事実だ。それを今さら取り消すこともできないし、高見は悪くないなんていう気休めの言葉をかける気もない。

けれど、それが高見の謝罪の機会を奪ってもいい理由にはならない。高見はもう、きっと十分に苦しんだ。苦しんで、苦しんで、僕とは違って現状を受け入れて、前に進もうとしていた。

もしかすると僕は、そんなふうに立ち直っていた高見にすらも嫉妬していたのかもしれない。僕自身の心が、弱すぎたから。

「高見、僕も、ごめん」

だから、昨日は言えなかった言葉を、僕も高見に言った。

「高見に会う前から、僕は白鷺と会ってたんだ。春休みの学校で」

今まで隠していた事実を話すと、高見は驚いた表情を見せて、だけどすぐに儚げな表情を浮かべた。

「私に結衣が見えないのは、仕方ないことだもんね。私は結衣に酷いことをしたんだから。本当なら、呪い殺されてもおかしくないもん……」

「……白鷺は、高見のことを恨んでなんていなかったよ」

「……え？」

「むしろ僕が高見と話してたら、高見は坂本のことが好きだから応援してあげてって言われたんだ。ずっと、高見のことを心配してた」

双葉と同じく本当のことを伝えてあげると、高見は綺麗な瞳に涙を滲ませた。

「そんな、そんなの……！　本当のことを知ったら、絶対私のことを軽蔑するに決まってる……！」

「白鷺は、軽蔑なんてしてなかったよ。でも、そんな卑怯なことをしないで、真っ直ぐ坂本に告白してって、ちょっと怒ってた」

僕は、白鷺の言葉をそのまま高見に伝えた。それが、彼女の望んでいたことだから。みんながまた笑い合うために、僕が頼まれたことだから。

「それに白鷺は、高見のことを友達だって言ってたよ」

最後にそう言うと、高見は一歩僕に近付いてきて、胸板を優しく叩いてきた。そうしてそこに、自分の顔をうずめてくる。

「……病院で、泣かせないでよ」

「ご、ごめん……」

「でも、そっか……」

納得したように高見はそう言って、ひとつ息を吐いた。それから鼻をすすって、僕だけに聞こえる声の大きさで、彼女は言った。

「そんな大事なこと話してくれて、ありがと」

心の底から安心したように、高見はお礼を言った。ずっと、辛かったのだろう。誰かの抱える痛みなんてわかるはずもないけれど、大切な人がいなくなった辛さは僕にも痛いほどわかる。

それでも、生きていかなきゃいけない。前を向いて、残された人たちで手に手を取り合って。だから僕は、きっと間違い続けながら生きてきたのだ。そう気づいてからは、もう迷うことはなかった。

「高見、お願いがあるんだけど、聞いてほしいんだ」

「……何？」

僕は深く息を吸って、高見に自分の思いを伝えた。

「僕と、友達になってほしい」

そんな僕の一世一代の告白に、高見は小さく吹き出した。肩を震わせながら、彼女は笑い続ける。せっかく勇気を出して言ったのに、僕は顔が熱くなった。

「な、なんでそんなに笑うんだよ」

「なんでって、普通笑うよ」

ようやく高見は僕から離れ、笑い疲れたのか目から溢れていた涙を指先でぬぐう。馬鹿にされたのだろうか。そう思ったけれど、違った。

「私、もう普通に友達だって思ってた」

「いつだろ。忘れちゃったけど、放課後に一緒にパフェを食べに行くぐらいなんだから、もう普通に友達だよね」

「……えっ、いつから？」

「そういうものなんだ……」

今まで生きてきた中で、友達といえば小蒔ぐらいしかいなかったから、僕は友達になる方法がわからなかった。でも高見が友達だと言うなら、友達なのだろう。

改めて高見と友達なのだと思うと、なんだか不思議な気持ちになった。

「それじゃあ、私からもいい？」

高見はそう言うと、持っていたカバンの中から、紙の小袋を取り出した。それを、僕に手渡してくれる。

「はい、これ。修学旅行のお土産」

「……お土産？」

「昨日、渡せなかったから。その、いろいろあって」

僕は昨日、高見に呼び止められたときのことを思い出した。あのときに、渡そうとしていたのか。

「開けてみていい？」

「うん。結構悩んで買ったから、気に入ってくれると嬉しいな」

そう言われて僕は、坂本からもらった中学生がつけるようなキーホルダーのことを思い出した。思い出して、僕は思わずくすりと笑ってしまう。

「え、なんで笑ってるの？」

「いや、坂本からもらったお土産のこと思い出して」

「あぁ、アレはないよね」

「でも、嬉しかったよ」

さすがに高見だから、妙な感性は持ち合わせていないだろう。それを信じて小袋を開けると、中からは真っ白いうさぎのかわいいストラップが顔を覗かせた。

僕は思わず、「あ、かわいい」と呟く。

「でしょう？　それ、麻帆ちゃんとお揃いにしたの」

「麻帆と？」

「うん。今度一緒に遊びに行くから、そのときに渡そうと思って。内緒にしててね？」

「わかった。麻帆なら、喜んでくれると思うよ」

麻帆はかわいいものが好きだから、きっと喜んでくれる。

それから高見は、思い出したように不安げな表情をつくった。

「……そういえば初音、大丈夫だった？　うちのお母さんから、入院したらしいって聞いてお見舞いに来たんだけど……」

「あぁ、うん……」

何と答えたらいいか迷ったが、僕は素直に思っていることを伝えた。

「多分、もう大丈夫だと思う。高見が会いにきてくれたら、双葉も喜ぶと思うよ」

「そうかな……」

「高見は、双葉のことを友達だと思ってる？」

「そんなの、当たり前じゃない」

それが当然だと言わんばかりに、高見は即答した。高見みたいな強い友達がいるなら、双葉もいずれ立ち直ることができるだろう。

僕は、安心した。

「それなら、大丈夫だよ」

「そうなの？」

「うん」

それから僕らは、また明日と言ってお互いの目的のために別れた。きっと、双葉と高見はもう大丈夫だろう。

やらなければいけないことがある。

双葉が白鷺の死と向き合ったように。高見が自分の過去と向き合ったように。そして白鷺が、自分の死と向き合ったように。

僕はあのとき、あの瞬間から、ずっと目を背け続けてきた。真実を知ることを、放棄してきた。けれど逃げ続けるそんな日々は、今日でもう終わりだ。

夕日の沈む住宅街を歩きながら、僕はあの日の出来事を回想していた。小蒔のために病院へ本を持っていったとき、僕はトラックに轢かれて生死の境を彷徨った。そうして目覚めてしばらく経ったとき、母さんから告げられた。

栗山小蒔は、容体が急変して亡くなったと。

あまりにも突然の別れで、僕は素直に事態を受け入れることができなかった。何か、悪い冗談なんじゃないかと思ったが、それから小蒔が僕の目の前に現れることはなかった。

いつしか僕は、今もどこかで小蒔が生きているのではないかという妄想に駆られた。何か隠さなくてはいけない事情があって、僕の目の前から突然いなくなったんじゃないかと、そう思い込むようになってしまった。

それから数年が過ぎても、僕はそんなふうに、知ることから逃げ続けた。

本当は、いつでも真実を知ることができたというのに。

もう、逃げ続けるのはやめよう。

僕には最後に、やらなきゃいけないことが残っている。

病院から歩いて家にたどり着いた僕は、玄関を開けて中に入る。そうして靴の数を見て、母さんしかいないことを確認した。

僕はただいまと言って、リビングへと向かう。母さんは椅子に座って、机の上に突っ伏して眠っていた。母さんにしては、珍しいことだった。いつも家事をしながら、僕ら家族を出迎えてくれるのが普通だったから。

その背に小さく「ありがとう、母さん」と呟いて、小さく肩を揺すった。そうすると、母さんはゆったりとした動作で、顔を上げる。

「あ、寝ちゃってた……?」

「こんなところで寝てたら、風邪ひくよ」

「ごめんね、心配かけて。掃除しようと思ってたんだけど、ちょっとうとうとしちゃって」

そう言うと、母さんは自分の眠気を飛ばすように、大きく両腕で伸びをした。僕が隣に座ると、母さんは優しい声で「双葉さんの様子、どうだった?」とたずねてくる。

僕は「多分、大丈夫だと思う」と答えた。

すると母さんは安心したように笑みを浮かべて、言った。

「今度は、大切な友達を助けられてよかったね。偉いよ、隼斗」

「……どういう意味?」

僕はそうたずねて、母さんの手に優しく触れた。

初めてだった。

故意に、自分の力を誰かに使ったのは。

そうすることでしか、僕はもう納得することができなかった。

母さんは、そんな僕に優しく、それでも言い聞かせるように言った。

「『栗山小蒔さんは、もう亡くなってるのよ』」

あぁ、そうか。

初めから、母さんは嘘なんてついていなかった。

母さんがあのとき言ったことは、覆りようのない真実で、ただ僕は都合のいいように解釈していただけなんだ。

どんなに手を伸ばしても、どんなに会いたいと思っても、もう小蒔に会うことはできない。それを頭の中で初めて理解して、僕の感情は壊れた。

あのとき流せなかった涙が、僕の中で溢れ出してくる。決壊して、抑えることなんてできなかった。僕は母さんの隣で、子供のように涙を流した。そんな僕の背中を、優しく撫でてくれる。大丈夫だよ、頑張ったねと、僕に言い聞かせ続けてくれた。

そうしてしばらく泣き続けた僕がようやく落ち着いてきた頃に、母さんはその事実を教えてくれた。

「隼斗の心臓は、一度止まったのよ」

「……え？」

「お医者さんが言ってたの。心臓が止まって、もう駄目だって、誰もが一度は諦めたって。だけど、突然隼斗の心臓がまた動き出して、奇跡的に手術が成功したの」

あのときのお医者さんの言葉を、僕は今でも覚えている。奇跡だと、みんなが口を揃えて言っていた。

「……でもね、隼斗は奇跡的に助かったけれど、反対に、小蒔さんの病状は次第に悪くなっていったの」

僕は、母さんの話を聞いて、寒気のようなものが体に走った。

だってその話が本当なら、それはまるで……。

「まるで隼斗に命を繋ぐみたいに、それから小蒔さんは亡くなったって、お医者さんが話してるのを聞いた。お母さんも、そう思った。きっと小蒔さんは、隼斗のことを助けてくれたんだって……」

そんな話、今まで一度だって母さんはしてくれなかった。ただ、容体が急変したとだけ聞いていた。そう考えて、母さんは話さなかったんじゃなくて、話すべきじゃないと判断したのだと僕は理解した。こんな突拍子もない話をしてしまえば、生き残ってしまった僕が深い罪悪感を抱いて生きてしまう。だから、話をしなかった。

僕が〝大人〟になるまで、黙っていることにしたのだ。

そして僕はまた思い出す。白鷺の言っていたことを。

「『星の王子さま』……母さんが、小蒔に渡したの？」

『星の王子さま』を持ってきてくれてありがとうと、小蒔が言っていた。そう白鷺は僕に教えてくれた。あの言葉が嘘じゃないとすれば、僕の持っていった本は小蒔の元に届いていたということになる。

そんな僕の推測に、母さんは頷いた。

「ええ、隼斗が小蒔のために持ってくんだって言って、家を出ていったから」

そういうことだったのかと、ようやく僕の中で全ての事実が噛み合った。けれど問題が解決して、また新たな疑問が生じたことに僕は気づく。

どうして、白鷺が全てを知っていたのか。僕が生き残って、小蒔は死んだ。白鷺が、小蒔と会っているはずがない。

その答えは、白鷺自身に聞くしかないのだろう。だから僕は、今すぐに彼女の元へ向かわなければいけなかった。

「……ごめん、母さん。僕ちょっと、また出かけてくる！」

そう言って、僕は走り出した。そんな僕の背に、母さんの微かな声が聞こえてくる。とても小さな声だったけれど、それはたしかに耳に届いた。

生きていてくれて、ありがとう——と。

家を飛び出して、僕はすぐに気づいた。自分の手が、ぼんやりと透け始めていることに。もう、残された時間は少ないのだと、心のどこかで悟った。走って、今すぐに学校へ向かわなければいけない。

だけど、こちらへ歩いてくる妹の姿を見つけて、僕は歩みを止めた。最後に、麻帆と話をしたかった。

「麻帆！」

僕は、妹の名前を呼ぶ。麻帆はこちらに気づくことなく、僕のそばを通り過ぎていく。焦りを覚えて、麻帆の肩に手を伸ばした。けれどその手は雲を掴むようにすり抜けていく。

もう、触れることすらも叶わないのだと、僕は理解した。ただ呆然と、麻帆の姿を見つめ続ける。家のドアに手をかけた時、その表情が沈んでいることに気づいた。

——あなたがいなくなったあとの麻帆は、ちゃんとこっちで面倒見とくから安心しなさい。

以前、母さんが言ったことを、僕は思い出す。思い出して、僕は麻帆の背中に声をかけた。

「ごめんね、麻帆。突然いなくなっちゃって。でも、きっと大丈夫だから。これからも、元気に生きてね」

最後に麻帆の姿を見送って、僕はまた歩き出した。大丈夫。きっと、大丈夫だ。僕がいなくても、麻帆はきっとやっていける。それに、あのお節介な高見だっているんだから。高見なら、麻帆を元気付けてくれる。僕はそう信じて、白鷺のいる学校へと向かった。


夜の校舎の階段を一段飛ばしで駆け上がる。きっと白鷺は屋上にいると、僕の予感が告げていた。たどり着いた最上階の扉には、もう壊して開けることのできない鍵がかかっている。

あのときの白鷺がそうしたように、僕はドアに手のひらを触れた。見よう見まねで前に押すと、金属のドアに手のひらが吸い込まれていくように消えていく。

そうして、僕はもうすぐ消えるのだと、頭の中で確信した。

屋上へ出ると強風が吹きすさび、一瞬僕の視界を惑わせた。風がやんだあと、僕は再び目を開く。その月明かりに照らされた屋上の真ん中には、先ほどまで僕と一緒にいた白鷺結衣と、小学生ほどの小さな女の子が立っていた。

屋上へとやってきた僕に気がつくと、その女の子は笑みを浮かべる。とても、とても懐かしい。僕の大切な人の笑顔だった。

「久しぶり、隼斗」

「……小蒔」

栗山小蒔は、あの頃と同じ姿、同じ笑顔でその場所に立っていた。僕は彼女たちに近付いて、まずは白鷺に質問した。

「……隠してたことって、小蒔が白鷺と同じ幽霊だったってこと？」

もう小蒔が生きているかもという望みを、僕はすでにかけらほども抱いてはいなかった。小蒔は白鷺と同じく、もう亡くなっている。その答え合わせをするように、白鷺は頷いた。

「今まで黙ってて、ごめん……小蒔ちゃんと、約束してたの」

「約束？」

「初めて結衣さんと出会ったとき、私はお願いしたの。隼斗が最後に笑っていられるように、私の代わりに隼斗を元気付けてあげてほしいって」

「私は、私の友達を元気付けてあげたくて、隼斗くんと初音ちゃんたちを引き合わせたの。それで隼斗くんにも友達ができれば、少しは笑顔になれると思ったから。私と隼斗くんが初めて出会ったとき、気を失っている間にそんな約束をしたの」

あの場に白鷺はいたけれど、小蒔は確実にいなかった。というより、小学生の時のあの日以来、僕は今日初めて小蒔と再会したのだから。

「……小蒔はずっと、僕の近くで隠れてたの？」

「ううん、隠れてなかったよ。ずっと、隼斗のそばにいた。だって、子供の頃に約束したでしょ？」

あのときに交わした約束は、もちろん今まで一度も忘れたことなんてない。小蒔は、大人になるまで僕のそばからいなくなったりしないと約束してくれた。

「私はいつだって、隼斗のそばで見守ってたよ。隼斗が私のことを認識できなくても」

白鷺は以前、見える幽霊と見えない幽霊がいると言っていた。僕と白鷺はたまたま心の周波数が一致したから、会話もできるし触れることができる。けれど、そうじゃない幽霊もいる。僕のすぐそばに、もうひとり幽霊がいる。あの言葉は白鷺の冗談かと思っていたが、冗談なんかじゃなかったのだろう。

それから小蒔は、僕の目を真っ直ぐに見つめてきて、寂しげな表情を浮かべた。

「それでね、隼斗。信じられないと思うけど、もうすぐ隼斗は消えるんだよ。命の期限が、尽きちゃうから」

「……命の期限？」

「そうだよ。隼斗にあげた、私の寿命。隼斗はね、一度車に轢かれて命を落としたの」

はっきりと小蒔にその現実を突きつけられ、僕の目の前が一瞬真っ暗闇に覆われる。

事前に母さんから聞かされていた話だけれど、それでも小蒔にそう告げられて与えられたダメージは大きかった。

「残りの寿命をあげるなんて、そんなことできるはずないだろ。そんな、突拍子もないこと……」

「そう疑われても、仕方がないよね。でも隼斗のお母さんから、隼斗が車に轢かれたって聞いたときに心の底から願ったの。もう心臓の病気で満足に生きることもできないなら、私の命を隼斗に繋いでほしいって。大切な隼斗に、生きていてほしかったから。そういうことを願ったら、私はだんだん容体が悪くなっていって、隼斗は一命をとりとめたの」

そんな小蒔の話を聞いたところで、僕はやっぱり信じることなんてできなかった。けれど、母さんも言っていた。まるで僕の命を繋ぐように、小蒔は死んでいったと。

「……隼斗くんが私のことを認識できたのは、そういう事情が少なからず影響してるんだと思う。今はもう、隼斗くんも幽霊に近い存在だから、小蒔ちゃんのことを認識できるようになったんじゃないかな」

混乱している僕に、白鷺は補足説明をしてくれる。それでも、全てを納得することなんて到底できない。

やっと、今まで下ばかり向いてきた僕が、少しは前向きになれたのに。新しい友達が、ようやくできたのに。もう生きることのできない白鷺や小蒔の代わりに、生きたいと思えたのに。

　こんなにも突然、自分の敷いたレールを外されるなんて、考えてもいなかった。これからは、今までよりも少しは明るい未来が待っていると思っていたのに。本当にどうしようもない、ロクでもない人生だと、僕はそう思わずにはいられなかった。

　後悔は、この手にあり余るほどたくさんある。生きることに幸せを感じ始めていたから、こんなにも悔いているのだろう。きっと白鷺と会う前の僕ならば、突然消えてしまうことに、こんなにも心は揺り動かされなかった。

　生きてさえいれば、幸せを掴み取ることができる。こんな僕にでも、人並みの幸せを噛みしめることができる。そんな権利さえも、僕は唐突に剥奪された。それが、辛くないわけがなかった。

　それなのに、小蒔が話した言葉で、僕は途端に冷静になった。

「ねぇ、隼斗。辛い人生だったけど、最後くらいは笑顔でいられたでしょ？　きっと私が生きていたら、今頃病室のベッドの上で苦しんでたと思う。だから、これが正しかったんだよ。私も、隼斗が笑顔を浮かべてるのを見るのが、とっても嬉しかったから。だから、もう十分だよね」

　僕は、許せなかった。そんなにもあっさりと、小蒔が自分の命を僕に使ったことを。

僕だって生きていたかった。叶うならば人並みに恋をして、結婚をして家庭を持って、そんな普通の人生を送りたかった。けれどその人生が、誰かの犠牲の上に成り立っているとするならば、僕はそこまでして生きていたくはない。

小蒔の人生は小蒔だけのものだから。僕がそれを奪うことは、許されることではない。だから僕は小蒔に言ってやった。

「……小蒔。僕がそれで、喜んでくれると思った？」

「……えっ？」

心を落ち着かせるために、一度息を吐く。それでも心の底から溢れてくるそれは、抑えておくことができなかった。

「僕は、ほかでもない小蒔に生きていてほしかったんだ。そんな簡単に、人生を投げ出してほしくなんてなかった」

「わ、私は、生きていたくなんてなかったもん。だって、病気で苦しむだけの人生なんだから。それなら、隼斗が生きていてくれたほうが……」

「それでも僕は、君に生きていてほしかった。病気で苦しんだとしても、その先には幸福な人生が待っていたかもしれないから。そんな小蒔の幸せを、僕が奪いたくなんてなかったんだ」

小蒔はあくまで僕に対する善意のつもりだったのかもしれないが、実際にやっていることは自殺と何も変わらない。

小蒔は僕の反論で、目に涙をためて、こちらをきつく睨みつけてきた。

「それじゃあ隼斗は、あのまま死んでよかったっていうの!?　死んじゃったら、もう何も残らないんだよ！」

「何も残らなくていいよ。君が、この世界で生きていてくれるなら」

そう言って、僕は小学生の小蒔の身長に合わせるために、地面にかがんだ。そうして、その小さな肩に手のひらをのせる。

「約束を守ってくれたこと、本当はすごく嬉しかった。でもやっぱり、小蒔の代わりに僕が生きるなんてことはできないんだ」

「……それじゃあ、私のやったことはただの迷惑だったの？」

「そんなことないよ。命をかけて、僕のことを助けてくれたんだから。そうして生きてこれたから、白鷺にも会うことができた。それが、迷惑なことだなんて、全然思っていない」

そう小蒔に言い聞かせるように言うと、彼女は今度こそ涙を流してしまった。きっと小蒔の内面は、あの頃の小学生のままひとつも成長していないのだろう。少し、強く言いすぎたかもしれないと反省した。

そうして立ち上がると、僕の頭が軽くふらつきを覚える。慌てて倒れ込みそうになったところを、今まで黙ってくれていた白鷺が気づいて抱きとめてくれた。

「大丈夫、隼斗くん!?」

「あぁ、うん……」

よく見てみれば、先ほどよりも自分の手が透けているのがわかった。もうここへ来たときからすでに、残り時間は少なかったのだろう。

「ねぇ、白鷺。僕、このあとどうなるんだと思う……?」

そうたずねると、白鷺は少し考えたあとに答えた。

「隼斗くんの体だけが消えるのはいろいろと問題があるから、ちょっとずつ、起きた事実が変わっていくんだと思う。隼斗くんの、いない方向に」

「それは、ちょっと辛いな……」

せっかく仲よくなった人もいるのに、みんな僕のことを忘れてしまうなんて。僕はあの日に車に轢かれて死んだのだから、忘れてしまうのは当然のことだけれど。

僕は、ふと先ほどの出来事を思い出す。麻帆が家に帰ってきたとき、すでに僕のことは見えていなかった。すごく沈んだ表情をしていて、初めは学校で嫌なことがあったのかと思ったが、もしかするとすでに僕のことを忘れかけていたのかもしれない。白鷺の言うことが正しいとするならば、僕が消えたあとの麻帆は、幼い頃に兄を交通事故で亡くしたことになるのだろう。それはやっぱり、辛かった。

だけど、もしも僕が消えてしまった先で、小蒔の選択を違うものにできるなら。このまま自分がこの世界から消えて、何事もなかったかのように自分がいない世界が続くのならば、あのとき願った奇跡を願わないでほしいと僕は思った。

「小蒔、聞いてほしい話があるんだ」

「……何？」

それは、叶うかどうかもわからないことだけど。無意味なことなのかもしれないけれど。何もしないで消えるよりは、ずっとマシだと僕は思った。

「もしやり直せるんだとしたら、今度は僕のことを助けないでほしい」

「……嫌だ。私、ひとりで苦しむのは嫌だから……」

「ひとりじゃないよ」

僕はそう言って、消えかけの手のひらを小蒔の頭の上にのせた。もう、そうやって体に触れても、心の声は聞こえなかった。

「約束したから。小蒔が大人になるまでは、ずっとそばにいる。小蒔がそうしてくれたように、今度は僕がそばにい続けるから」

「……本当に？」

「うん、約束する」

僕はそう言って、自分の小指を差し出した。小蒔はためらいがちに自分の小指を近付けてきて、そっと僕の小指と絡めてくる。

「隼斗くん、本当にいいの？」

最後に白鷺は、僕にそうたずねてきた。その答えは、もう決まっている。

「いいよ。もう、決めたことだから」

「そっか」

安心したように、白鷺は息を吐く。僕は、小蒔から小指を離した。それと同時に、僕の意識が薄れていく。目を閉じてしまえば、もう全てが楽になるのだろう。

それでも僕は、最後に残った意識を掻き集めて、白鷺にその言葉を伝えた。

「ありがとう」と。

僕はそれだけ言って、ゆっくりと目を閉じていく。

最後に残った微かな意識の片隅で、白鷺の声が聞こえたような気がした。

彼女もただひとこと、ありがとうと。

その声が聞こえた瞬間、僕の体は何か大きなものにぶつかって、地面を大きくバウンドした。そうして、全ての意識は強制的に手放された。

エピローグ

助けてあげなきゃいけないと思った。

ここへ来る途中に車に轢かれた隼斗を、助けなきゃいけないと思った。自分がこのまま生きるよりも、隼斗が生きているほうがずっとよいはずだから。

心の底から願えば、それは届くような気がした。

けれど、私の心の内側から誰かが囁《ささや》く。生きていてほしい、と。

長い、長い夢を見ていた気がする。けれど、気づいたときにはもう、私はその夢の内容を全て忘れてしまっていた。

だけどただひとつだけ、忘れていないものがあった。生きていてほしいという、誰かとあの日に誓った約束だけは、忘れてはいなかった。

この先の人生は辛いことばかりなのかもしれない。苦しくて、逃げ出してしまいたくなるかもしれない。けれど、生きなきゃいけないと思った。だから、こんなことは願っちゃいけないことなのだと、私は思い直すことができた。

翌日、隼斗が交通事故によって亡くなったと、私はお母さんから聞いた。悲しくて、悲しくて、涙が止まらなかった。一日中泣き続けた私は、そのあと疲れ果てて眠ってしまった。

けれど、夢の中で隼斗が私の前に現れて言うのだ。頑張って、と。その夢の中の隼斗は、なぜかすごく大人びた姿をしていて、私の頭を優しく撫でてくれた。

そうして目を覚ましたとき、私はもう一度涙を流す。

もうこの世界に、櫻井隼斗は存在しない。

＊＊＊

それから、私の果てしなく長い闘病生活が始まった。

同い年の子供たちは、みんな外で走り回ったり学校で授業を受けているのに、どうして私だけこんなにも辛い思いをしなきゃいけないのか、わけがわからなかった。いっそのこと死んでしまいたいと、私は何度も心の中で思った。けれどそのたびに、私の頭の中で見知らぬ男性の声が囁いてくる。

『生きて』と。その声を聞くと、私の心はいつのまにか落ち着きを取り戻していて、辛い病気とも闘うことができた。

だけど歳を重ねるにつれて病状も悪化していき、ついにはベッドの上から自力で起き上がるのが難しくなった。それでも私は必死に病気に耐え続けて、いつのまにか二十歳を超えていた。

子供の頃、移植のためのドナーが見つからなければ、大人になるのは難しいと言われた。そう言われたのを思い出して、私はざまあみろと思った。私は、この歳になってもまだこうして生きている。理不尽な現実に打ちのめされそうになったけれど、それでも私は諦めようとはしなかった。

けれど、そうは言っても私の体はもうボロボロで、きっと明日突然死んだとしてもおかしくはないのだろう。自分の死期を悟ると、急に涙が溢れてくる。幼い頃は、何度も何度も死にたいと思っていたのに。いつのまにか私は、生きたいと願うようになっていた。きっとこれは、私の頭の中に響いてくる『生きて』という声のせいなのだろう。

それでも心はすり減っていくもので、ふとした拍子に「もう、死にたいな……」と呟いてしまう。そんな私の内側から漏れ出た声を、昼食を運びに来た見慣れない看護師のお姉さんが聞いてしまっていた。

とても心配そうな表情を浮かべて、彼女は言った。

「そんな悲しいこと、言わないでください」

心が荒んでいた私は、彼女のことを軽く睨みつける。

「私に構わないで。どうせみんなに同じことを言ってるんでしょう？　そんな事務的な心のこもってない言葉なんて、聞きたくない」

彼女にとって、私は数多《あまた》いる中のひとりの患者でしかない。病院で人が死んでいくのは、別におかしなことではないし、ここではよくあることだ。どうせ死を仕方ないことだと割り切って、私が死んでしまえば、彼女はすぐに私のことを忘れて仕事に従事するのだろう。

そう思っていたから、彼女がとても悲しそうに私の手を握ってくれたことに、戸惑いを抱かずにはいられなかった。

「『私は栗山さんに、生きていてほしいと思ってます』」

頭の中からも、耳からも、彼女の声が聞こえてくる。そんな不思議な力を、私は物心つく前から持っていた。だから、彼女が心の底から私のことを思ってくれているのだと知ることができた。それでも素直になれない私は、彼女の手を振り払ってそっぽを向いてしまう。

「もう、出ていってください」

またやってしまったと、私はひどく自分を嫌悪した。この病気にかかる前は、もっと相手のことを思いやることができたのに。心臓を病に侵された私は、心までどうしようもないほど穢《けが》れてしまった。

こんな醜い言葉を垂れ流す私は、早くこの世界から消えるべきなのだろう。いずれ、みんな私の前からいなくなる。それを思うと、ひとりでいることが怖くなった。

そんなどうしようもない私の手を、彼女は再び握ってくる。そのあまりの温かさに、私の冷えた心は少しだけ熱を持った。

「『栗山さんが亡くなったら、私はきっと泣きます』」

「……どうして初めて会ったのに、そんなことを思えるんですか？」

そうたずねると、彼女は友達に見せるようなやわらかな笑みを浮かべた。

「ずっと前に、会っている気がしたんです。私たち、きっと」

そんなはずはない。私は今日、初めてこの看護師と出会ったんだから。けれど彼女の言う通り、私たちはいつかどこかで会ったことがあるような気がした。

それから彼女は私の手を握りながら、教えてくれた。

いつか昔の出来事を。

彼女が、死にたくて死にたくてたまらなかったと思っていた時期のことを――。

＊　＊　＊

昨日降った雪によって、屋上は真っ白い絨毯に覆われているかのようだった。その上を私は歩いていき、冷たい手すりに手をかける。

今日、この日にここから飛び降りて自殺をしようと、一週間前から決めていた。だから心の中は、驚くほど落ち着いていた。ここから飛び降りさえすれば、苦しみから解放されるのだから当然だ。

私は手すりを乗り越えて、屋上の縁《へり》に立つ。ここから落ちれば、私は確実に死ぬ。けれど、死ぬ覚悟はとっくの昔にできていたはずなのに、私は最後の一歩を踏み出すことができなかった。心は落ち着いているのに、頭の中がやけにうるさい。

まるで、死んじゃ駄目だと誰かが頭の中で囁いているようだった。

自分の中で飛び降りるか降りないかの問答を続けていると、私はいつか誰かと交わした約束を不意に思い出した。

絶対に、自分から命を投げ出したりしないと、私はいつかどこかで誓ったはずだった。どうして今までそれを忘れていたんだろうと思ったが、今さらそんな約束が何の意味を持つのかと、頭の中から消し去ろうとした。

けれど、どれだけもがいても、その約束を頭の中から消し去ることはできなくて、私はついに飛び降りるのをやめた。こんな雑念があるときに、飛び降りるべきではない。勝手に自分の中で、言い訳のようにそう結論づけて、もう一度手すりをまたいで校舎の中へと戻った。

それに自殺をするのは、明日でも構わない。ただ、一日延びるだけだ。

そう思いながら階段を下りていると、私はある女の先生とばったり鉢合わせた。その女の先生は、こちらを見てにっこりと微笑み、私の名前を呼んだ。

「白鷺結衣さん」

そう名前を呼ばれて、私は驚いた。先生が、私の名前を覚えてくれていたことに。先生とは、一週間のうちに一時間しかない美術の時間でしか、顔を合わせることはない。だからいちいち生徒の名前なんて覚えていないと、私は思っていた。

先生は、それから私に優しくたずねてくる。

「屋上に、何か用事でもあったの？」

「あの、なんでもないです……」

「なんでもないことは、ないよね。ちょっとついてきなさい」

怒られると、私は思った。勝手に屋上へ出たこと、そうして何をしていたか聞かれて怒られる。そう思っていた。

けれど先生は、美術準備室に私を招き入れると、温かいコーヒーをカップに入れて振る舞ってくれた。部屋の中もコーヒーも暖かくて、私はふと、どうしてここにいるのだろうと自分で首をかしげる。

「……あの、怒らないんですか？」

「あら、怒ってほしいの？」

「いえ……」

「何か、悪いことでもしちゃった？」

あくまで先生は優しく私に問いかけてくるが、その優しさが今の私には少し怖い。この先生は、誰に対しても優しくて、怒ったところを一度も見たことがなくて、だから一度その化けの皮を剥がしてやりたいと思った。

「さっき、自殺しようとしたんです」

「そっかぁ、自殺か」

「はい」

私ははっきりとそう言ったのに、先生はコーヒーを飲んで一服している。この先生は、やっぱり少しおかしな人だ。私は、そう思った。

「……怒らないんですか？」

「やっぱり、怒ってほしい？」

そう聞き返されて、私は口をつぐんだ。沈黙は肯定だと受け取ったのか、先生は私の頭に手を伸ばしてくる。叩かれると思った私は、思わず目をつぶった。

けれど次の瞬間に先生が行ったのは、私の頭を撫でるという行為だった。

「踏みとどまれて、偉かったね」

「……えっ？」

思いがけないその言葉に、私は戸惑うばかりだった。どうして怒らないのか、私にはわけがわからなかった。

「何か、辛いことがあったの？」

「……そんなこと、聞いてどうするんですか」

「白鷺さんと、お友達になれたらなと思って」

「……お友達って」

「あら、先生と生徒がお友達になれないなんてことはないわよね」

「それは、そうですけど……」

「それなら、別にいいじゃない」

先生は勝手に話を進め、私はさらに混乱してしまう。なんだかこのまま話をすることに恐怖を感じた私は、一度もコーヒーに口をつけずに立ち上がって、部屋を出ようとした。そんな私の背中に、先生は優しく声をかける。

「明日も、来ていいわよ」

そんなことを言われても、明日はもうここへは来ないだろう。きっと先生は今日の職員会議で、私が自殺しようとしたとほかの先生たちに報告するから。だから早めに死んでおけばよかったと思った。

けれど次の日に一応学校へ登校したが、特別誰か先生に呼び出されることはなかった。そのことを不審に感じていると、私の友達である初音ちゃんが、私の元に不安げな表情を浮かべてやってきた。

「おはよ、結衣……」

私は落ち込んでいた表情を引っ込めて、努めて笑顔を貼り付けた。

「おはよ、初音ちゃん！　どうしたの？　なんか元気なさそうだけど」

私がそうたずねると、初音ちゃんはしばらくもごもご口元を動かしたあと、答えた。

「あの、葵が結衣のこと、心配してた……最近、元気ないときがあるって……」

「そう、かな。私は普通だと思うけど」

「でもでも、坂本くんも言ってたから……いつも元気なのに、最近は落ち込んでるって……何か、あった？」

初音ちゃんは鈍感なようでいて、実はいろんなことに鋭い。そして心配性だから、ボロを出すわけにはいかなかった。私は初音ちゃんの頬を、両手で挟み込む。

「何にもないやーい。心配しないでー！」

そうやってぷにぷにしていると、初音ちゃんは「そっか……」と言って寂しそうな表情を浮かべる。私は心の中で、初音ちゃんに「ありがとね」と呟いた。

昼休みに美術準備室へ向かうために教室を出ようとした時、葵に「ちょっと待って」と呼び止められた。振り返ると、葵は私に向けて心配するような表情を浮かべていた。

「結衣、大丈夫?」

「大丈夫って、何が?」

「最近、元気ないから」

そう言われて、私は初音ちゃんの時と同じように、いつもの笑みを貼り付けた。

「全然元気だよ。初音ちゃんも言ってたけど、みんな心配しすぎだって」

「……嘘だよね?」

私の精一杯の強がりに対して、葵は全てを見透かしたような言葉を返してくる。それでも、笑みは崩さなかった。

「本当に大丈夫。気にしないで」

そう言ってから、私は教室の中にいる坂本くんのほうをチラリと見て、冗談を言うときのように口元を歪めた。

「それより、坂本くんと話さなくていいの? 今、ひとりだよ」

葵は、坂本くんに好意を抱いている。それを知っている私は、彼女の弱みに付け込んでこの場を逃れようとした。けれど葵は顔色ひとつ変えずに、言った。

「昨日、告白したの」

「……えっ?」

そんな予想外な言葉に、私は言葉を失った。葵は恋愛ごとに関してはとても不器用だから、坂本くんに告白なんてできないと思っていた。

それから葵は、またあっけらかんと言う。

「ふられたよ。でも、今はそんなこと、どうでもいいの」

「どうでもいいって……」

夏ごろ、とても深刻そうに私に相談してきたというのに。坂本くんの話をすれば、いつも顔を赤くしてごまかすように笑うというのに。今日の葵は、私から決して目をそらしたりしなかった。

「……どうして、ふられたの？」

贔屓目なしに、坂本くんと葵はお似合いだと思っていた。それなのに、こんな結果になるなんて、私は考えてすらいなかった。

葵は、その理由を話す時だけ、少しだけ寂しげな表情を見せた。

「好きな人、いるんだって」

「それって、誰？」

「ごめん、それは言えない。口止めされてるの」

私はさらに問いただそうとしたが、出しかけた言葉は引っ込めた。葵が、納得したような清々しい表情を浮かべていたから。どうしてそんな顔ができるのか、私にはわからなかった。ふられたら、泣きたくなるのが普通なのに。

「……坂本くん、女の子を見る目がないよ」

「そんなことない。坂本の好きな人は、とっても素敵な人だよ」

そう言うが、坂本くんが仲よくしている女の子の中で、葵以上に仲よくしている人を私は知らない。喧嘩するときもあるけれど、それが愛情の裏返しであることを私は理解している。

私は思わず、教室にいる坂本くんのところへ歩き出しそうになった。直接、彼に問いただすしかない。きっと、なにかの間違いだと思ったから。

けれど葵は、そんな私の肩を掴んで制止してくる。妙に達観したその態度に、私は独り善がりな苛立ちを覚えた。

「それで、いいの？　好きだったんじゃないの？」

私のその質問に、葵はついに顔を歪ませる。そうして、急に私を抱きしめてきて、声を震わせながら本当の気持ちを話してくれた。

「それでいいわけ、ないでしょ……でも、仕方ないの。私の一番好きな人が決めたことなんだから……」

私は思わず「ごめん……」と謝っていた。謝っていいことなのかも、わからなかったのに。次に腕を離したとき、葵は瞳から流れるひと筋の涙を隠すように慌ててぬぐった。

「今まで散々、結衣に相談に乗ってもらってたから、そのお返しがしたいの。悩んでいることがあったら、いつでも私に話して……」

最後にそれだけ言って、葵は逃げるように走っていった。かける言葉が見つからなかった私は、ただそのうしろ姿を見つめたまま、しばらく動き出すことができなかった。

葵が、本気で私のことを心配してくれていることだけは、痛いほどに私の胸の奥に届いた。だから私は、もう誰もいなくなったその場所へ「ごめんね……」と呟いた。

モヤモヤした気持ちを抱えたまま美術室準備室へ向かうと、先生は何も言わずにふたり分のコーヒーを淹れてくれた。さすがに、昨日ひと口も飲まなかったことに罪悪感を感じたため、私はここへ来て早々にコーヒーを口に含んだ。

ブラックコーヒーは、少し苦い。

それから私はすぐに、先生を問い詰めた。

「一体、何のつもりですか？」

「何のつもりって、何のつもり？」

「昨日のこと、ほかの先生たちに報告しなかったじゃないですか。もしかして、何か脅すつもりですか？」

話さなかった理由はそれしか考えられなかった。生徒の弱みを握って、都合のいいように扱う。それしか考えられない。

けれど先生は、ずいぶんあっけらかんと言った。

「何のつもりって、友達の内緒話なんだから。誰にも話さないわよ」

「友達って……」

「少なくとも、先生はそう思ってるから」

昨日は冗談で言っているのかと思ったが、この人は今日もおかしなことを言ってくる。私はこの先生のペースに乗せられたら駄目だと自分に言い聞かせていたのに、何だかんだ次の日も美術準備室に来て、コーヒーを飲んでいた。私は一体、何をしているのだろう。

けれどいつのまにか、私は先生の距離の取り方に安心感を覚えていた。ズカズカと私のパーソナルスペースに入ることなく、決してお節介を焼いてくることもない。美術準備室に来ても、先生と話すことといえばありふれた日常のことや世間話で、私が自分の相談をしたことも、話すことを強要されたことも一度もなかった。

いつしか私は、先生といることに心地よさを覚え始め、だけどある日それは唐突に崩壊した。その日は私が自殺しようとした日と同じく雪が降っていて、私はマフラーを巻いて学校に登校した。そうして先生が美術準備室にいる昼休みを見計らって訪問すると、先生は窓際に椅子を置いて座り、物思いにふけるように向こうの景色を見つめていた。その先生の頬を、綺麗な雫がひと筋伝っていくのを、私は見逃したりしなかった。

「あの、先生……？」

ようやく私がやってきたことに気づいたのか、先生は涙を慌てて指先でぬぐった。

「あ、あら、おはよ。白鷺さん」

ごまかすように、先生は微笑む。そんな笑顔で、私のことを騙せると思ったのだろうか。でも、聞いていいのだろうかと私は悩む。私は自分のことを何も話していないのに、先生のプライベートな話に踏み込んでもいいのか。

そう頭では理解していても、私はどうして先生が泣いていたのか知りたくて、気付けば口を開いて質問していた。

「……何か、悲しいことがあったんですか？」

そうたずねると先生は、膝の上に置いていた赤いマフラーに優しく手を置いて、昔を思い返すように話してくれた。

「冬になると、毎年思い出しちゃうの。昔、好きだった人がいてね。でも、ふられちゃったんだ」

「そうなんですか……それは、なんだか悲しいですね……」

「うん……」

「先生は今でもその人のこと、好きなんですか？」

「好きだし、今でも交流があるよ。でもそろそろこの気持ちにも、けじめをつけなきゃなって感じちゃって」

「別に、けじめなんてつけなくていいと思います」

気づけば私は、自分より何歳か年上の先生の恋愛ごとに意見していた。私はそもそも、恋愛なんてしたことがないのに。

「でもね、そろそろつけなきゃいけないんだよ。彼、もう結婚してるし。実は今私が交際してる人から、結婚しようって言われてるの」

「それでも、つける必要なんてないと思います」

「……どうして？」

ただの高校生が意見してもいいのかと思ったが、ここまで言ったからには引くわけにはいかなかった。

「そんなことも容認してくれない男の人とは、結婚しなくていいと思うからです」

我ながら、かなり恥ずかしいことを言ってしまったという自覚はあった。けれど先生は笑ったりせずに真剣に聞いてくれて、最後には頷いてくれた。

「たしかに、そうだよね。うん、そうだ」

でも先生は私の言葉に納得してくれた。だとしたら、恥ずかしくても本音を言ってよかったのだろう。

「相談乗ってくれてありがとね、白鷺さん」

「……私は、そこまでのことはしてないです」

「ううん、そんなことないよ。ありがとね」

そう言って、先生は私のためにコーヒーを淹れてくれた。私はそのコーヒーを飲みながら、先生のことをじっと見つめる。

この先生になら、私の悩み事を打ち明けてもいいような気がする。打ち明けても、秘密にしてくれる気がした。どうせ話すだけだからと、私は今悩んでいることを、葵や初音ちゃんにも話していないことを、先生に話した。

「私、学校を辞めたいんです」

私のその悩みを聞いて、先生は持っていたカップを一度置く。私も一度口に出してしまうと、次の言葉がどんどんと溢れてきた。

両親がすでに他界していることや、そもそもどうしてこの前自殺しようと思ったのか。そんな私を形作る大事なものを、私は先生に全て打ち明けていた。気づけば私は涙を流していて、そしてようやくわかった。

私の話を、誰かに聞いてほしかったんだと。ずっと全てを溜め込んできて、私はいつしか自分のことを誰かに話すことができなくなっていた。

そうしてまた、気づけば私は先生に抱きしめられて、頭を優しく撫でられていた。

私の話を真剣に聞いてくれた先生は、私に逃げ道をつくってくれた。

「逃げるのは、悪いことじゃないんだよ。学校だけが、全てじゃないの」

それが、私が先生に初めて教えてもらったことだった。その言葉がすっと心の中に落ちてきた私は、今お世話になっている親戚のおじさんとおばさんに本心を打ち明けて、通っている高校を中退させてもらうことになった。

後悔なんて、ひとつもなかった。

そして、最後に私はもう一度だけ、先生のいる美術準備室に足を運んだ。最近は学校に来ることがなかったから、ここへ来るのもずいぶんと久しぶりだった。

ドアを開けて中に入ると、先生はいつものように椅子に座ってコーヒーを飲んでいた。けれどいつもと違うところが、ひとつだけあった。

私はすぐに、先生の左手の薬指に婚約指輪がはめられていることに気づいた。そのことに気づいて、私は「おめでとうございます！　先生！」と祝福する。

「ありがと、結衣ちゃん」

「私、先生がずっと幸せでいられるように、これからも応援してます！」

そう言うと、先生は少し照れ臭そうに頬をかいてから、言った。

「これからは、名前で呼び合おうよ。私たち、もう生徒と先生じゃないんだから」

「いいんですか？」

「いいに決まってるじゃん。それに、私と仲のいい人たちは、みんな私のことをカナちゃん先生って呼んでるよ」

先生は以前から、カナちゃん先生と呼ばれて生徒に親しまれている。だから私は先生のことを、親しみを込めてかなさんと呼ぶことにした。

「かなさん」

「どうしたの、結衣ちゃん」

「ご結婚、おめでとうございます！」

それから私は、通っていた高校を中退して、必死にアルバイトをしながら高認の試験に合格した。そしてアルバイトで貯めたお金を使いながら予備校に通い、同年代の人たちと同じ歳で、看護学校に合格した。

＊　＊　＊

「あなたの名前、なんていうの？」

夢の中で、看護師である結衣先生がそう問いかけてくる。

「あなただよ。あなたの、名前」

もう一度、彼女は私に問いかける。

私の名前は、栗山小蒔。その言葉が、彼女に届いたのかはわからない。けれど覚醒する意識の中で、その声は、はっきりと聞こえた。

「そう……櫻井隼斗くんっていうんだ。私は、坂本結衣。大丈夫だよ。あなたの大切な人は、もう大丈夫。私が保証する」

薄っすらと瞼を開いてみると、結衣先生が窓際の椅子に座って、何もない空間を見つめていた。開いた窓から風が吹き込んできて、純白のカーテンが優しくたなびく。それをぼーっと見つめていると、ピンク色の桜の花びらが病室に一枚だけやってきた。

いつのまにか、季節は春に移り変わっていた。

私が目を覚ましたことに気づいた結衣先生は、頬に流れていたひと筋の涙をぬぐってやわらかな笑顔を向けてくる。

「おはようございます。小蒔さん」

「隼斗と、話していたんですか？」

そうたずねると、結衣先生は少し驚いた表情を見せた。

「聞かれちゃってましたか」

「ええ」

「とっても、あなたのことを心配してましたよ」

「いつも、心配してくれてるんです」

どれだけ私が打ちのめされていたとしても、隼斗はいつも私のそばにいてくれて、励ましてくれた。ずっと、その声は聞こえていたよと、私は心の中で囁く。そうして「ありがとう」と呟いた。

翌日、私は結衣先生から、心臓移植のためのドナーが見つかったと報告を受けた。結衣先生は私と一緒に病室で泣いてくれて、心の底から生きていてよかったと感じることができた。

忘れてしまっていることがたくさんあるような気がした。

けれど、あの日に誓った約束だけは忘れなかった。隼斗は今でも見守ってくれている。そう考えると、なんだか心の底から生きるということに勇気が溢れてくる。

だけど、もう大丈夫だから。

心配しなくても大丈夫だよ。

いつのまにか、生きていくことの不安はなくなっていた。

あとがき

ヒロインが難病にかかり、病状が悪化することによって死に至る。残された登場人物たちは彼女のことを想い、前を向いて生きていくことを決意する。そんな物語が、私はいつしか苦手になっていました。かくいう書き手の私も、人の死を舞台装置に使うことが多くあるのですが、いつも書き終わった後にはモヤモヤとした感情が残ります。物語の中ぐらい、全ての人が優しくて、最終的には幸せになってほしいとは思いますが、得てしてそのような物語は起伏のない平坦な物語になりがちです。だから『記憶喪失の君と、君だけを忘れてしまった僕。』や『休みの日』では、少なからず不幸になってしまう人間が現れてしまいました。本作である『あの日に誓った約束だけは忘れなかった。』でも、それは同じです。これから幸せな人生が続いたかもしれないというのに、隼斗は突然目の前の梯子を外されてしまいます。どうにかして彼のことを生かしてあげたかったのですが、一番伝えたかったことを表現するには、彼の死は必要不可欠なものでした。けれど隼斗はその手で、本来死ぬはずだった白鷺結衣と栗山小蒔のことを助けることができました。もし叶うのならば、三人が同じ場所で笑い合えるような世界であってほしいと、作者の私も強く感じます。

さて、私がデビュー作である『記憶喪失の君と、君だけを忘れてしまった僕。』を出版することになった時、自分にひとつの制約を課しました。それは『締め切りをちゃんと守れる作家になろう』という単純なことで、二作目の『休みの日』の発売まては無事に達成することができていました。けれど三作目である本作は、私が大学四年生ということもあり、卒業論文の作成と執筆時期が丸被りしてしまいます。学生の本分として、まずは卒業をしなければならないため、学業の比重を六割、残りの四割を執筆に当てましたが、もちろんそんなに都合よく事が進むわけもなく、当たり前のように原稿の締め切りをぶちぶちにぶち破ってしまいました。そんな中で、アルバイト先からも「いつから復帰できるんだ」と鬼のような催促が来るのですが、さすがにアルバイトをしている余裕も暇もなかったので「すみません、もう少しだけ待ってください！」と平謝りをし続けます。途中、インフルエンザにかかったり、ゼミ生全員分のレジュメの添削を任されたり、文字通り首が回らない事態に陥りましたが、卒業論文は無事に提出することができました。そして本作が何事もなく三月二八日に書店に並べられていたら、ささやかでいいので褒めてあげてください。

教訓——ちゃんと寝る時は寝て、いつも余裕を持って行動しましょう。そうしないと体調を崩します。（幾度となく締め切りを破ってしまい申し訳ございません）

小鳥居ほたる

この物語はフィクションです。実在の人物、団体等とは一切関係がありません。

小鳥居ほたる先生へのファンレターのあて先
〒104-0031　東京都中央区京橋1-3-1　八重洲口大栄ビル7F
スターツ出版（株）書籍編集部 気付
小鳥居ほたる先生

あの日に誓った約束だけは忘れなかった。

2019年3月28日　初版第1刷発行

著　者　小鳥居ほたる　©Hotaru Kotorii 2019

発 行 人　松島滋
デザイン　カバー　徳重 甫＋ベイブリッジ・スタジオ
　フォーマット　西村弘美
編　　集　田村亮
発 行 所　スターツ出版株式会社
〒104-0031
東京都中央区京橋1-3-1　八重洲口大栄ビル7F
出版マーケティンググループ　TEL03-6202-0386
（ご注文等に関するお問い合わせ）
URL　https://starts-pub.jp/
印 刷 所　大日本印刷株式会社

Printed in Japan

ISBN　978-4-8137-0653-3　C0193

スターツ出版文庫　好評発売中!!

『君がいない世界は、すべての空をなくすから。』 和泉《いずみ》あや・著

母子家庭で育つ高2の凛。心のよりどころは、幼少期を過ごした予渼ノ島《よみのじま》で、初恋相手のナギと交換した、勾玉のお守りだった。ナギに会いたい――。冬休み、凛は意を決して島へ向かうと、いつも一緒に居た神社に彼は佇んでいた。「凛、おかえり」小さく笑うナギ。数カ月前、不慮の事故に遭った彼は、その記憶も余命もわずかになっていて…。「ナギ、お願い、生きていて！」愛する彼のため、絶望の淵から凛が取った行動とは？　圧巻のラストに胸打たれ、一生分の涙！

ISBN978-4-8137-0635-9 ／ 定価：本体570円＋税

『きっと夢で終わらない』 大椛馨都《おおなぎけいと》・著

友人や家族に裏切られ、すべてに嫌気がさした高3の杏那。線路に身を投げ出そうとした彼女を寸前で救ったのは、卒業したはずの弘海。3つ年上の彼は、教育実習で母校に戻ってきたのだ。なにかと気遣ってくれる彼に、次第に杏那の心は解かれ、恋心を抱くように。けれど、ふたりの距離が近づくにつれ、弘海の瞳は哀しげに揺れて……。物語が進むにつれ明らかになる衝撃の真実。弘海の表情が意味するものとは――。揺るぎない愛が繋ぐ奇跡に、感涙必至！

ISBN978-4-8137-0633-5 ／ 定価：本体560円＋税

『誰かのための物語』 涼木玄樹《すずきげんき》・著

「私の絵本に、絵を描いてくれない？」――人付き合いも苦手、サッカー部では万年補欠。そんな立樹の冴えない日々は、転校生・華乃からの提案で一変する。華乃が文章を書いて、立樹が絵を描く。突然始まった共同作業。次第に立樹は、忘れていたなにかを取り戻すような不思議な感覚を覚え始める。そこには、ふたりをつなぐ、驚きの秘密が隠されていて……。大切な人のために、懸命に生きる立樹と華乃。そしてラスト、ふたりに訪れる奇跡は、一生忘れられない！

ISBN978-4-8137-0634-2 ／ 定価：本体590円＋税

『京都祇園　神さま双子のおばんざい処』 遠藤遼《えんどうりょう》・著

京料理人を志す鹿池咲衣は、東京の実家の定食屋を飛び出して、京都で料理店の採用試験を受けるも、あえなく撃沈。しかも大事なお財布まで落とすなんて…まさに人生どん底とはこのこと。だがそんな中、救いの手を差し伸べたのは、なんと、祇園でおばんざい処を切り盛りする、美しき双子の神さまだったからさあ大変!?　ここからが咲衣の人生修行が開幕し――。やることなすことすべてが戸惑いの連続。だけど、神さまたちとの日々を健気に生きる咲衣が掴んだものとはいったい!?

ISBN978-4-8137-0636-6 ／ 定価：本体590円＋税